# 굳세어라 미미쌤

good & share life

무엇이든 해내고 마는 사람

# 굳세어라 미미쌤

good & share
Life

손미미 지음

HERMONHOUSE

# 목차 CONTENTS

PART 5
## 다시 시작하는 당신에게 · 218

힘들어하는 당신에게 ────────────────

EBS 〈부모 성적표〉라는 방송에 출연한 적이 있었다.

당시 피트니스 비키니 세계 챔피언이 된 지 얼마 지나지 않아 여기저기 섭외 연락이 많았다. 섭외 전화를 한 작가 말로는 자녀와의 일상생활을 다큐처럼 자연스럽게 보여주는 프로그램이라고 했다. 나쁠 건 없어 보였다.

당시 프로 피트니스 선수 생활과 함께 '미미 머슬'이라는 헬스클럽을 운영하고 있었는데, 아이들에게 추억도 만들어주고 헬스클럽 홍보도 할 수 있다는 생각에 섭외에 응하게 되었다.

방송에서는 아이가 약속을 지키지 않으면 벌금을 매기고 칼같이 징수하는 모습이 방영되었다. 실제로 어느 정도 그런

면도 있지만, 조미료가 꽤 가미된 장면이었다. 하지만 작가가 붙여준 꼬리표에 대한 반응은 생각보다 폭발적이었다.

사람들의 관심을 끌고 흥밋거리를 찾던 작가가 내게 '프로 규칙러'란 이름표를 붙여주었는데, 프로 피트니스 챔피언에 이어 '프로규칙러'라는 꼬리표가 꽤나 임팩트가 있었던 모양이었다. 그래서 생긴 제목이 '프로규칙러 엄마 VS 천하태평 남매의 달콤 살벌 미미 월드'였다.

당시 프로그램은 포털 실시간 검색어에 내 이름이 오를 정도로 화제가 되었고, 덕분에 오랫동안 연락이 닿지 않는 지인에게서 안부 전화를 받게 되었다.

"언니 도대체 뭐 하는 사람이야?"

예전에 이벤트 회사를 운영할 때 알고 지냈던 사람이었다. 충분히 이해는 됐다. 꾸준히 연락을 주고받는 몇몇 사람을 제외하고, 예전에 같이 일했거나 드문드문 연락하는 사람들한테 종종 듣는 말이기 때문이었다. 지인은 '프로규칙러'는 또 뭐

냐며 도무지 나의 정체를 알 수 없다고 너스레를 떨었다. 작가가 그렇게 컨셉을 잡았다고 구구절절 설명하기도 뭐해서 연락이나 자주 하자며 대충 통화를 마무리 지었다. 하지만, 전화를 끊고 나니 지인의 말이 자꾸 생각났다.

'나 정말 많은 일을 하고 살았구나.'

나레이터 모델, 무용단장, 치어리더, 이미지 메이킹 강사, 리더십 강사, 웃음치료사, MC, 이벤트 회사 대표, 프로 피트니스 월드챔피언, 피트니스 센터 대표까지…. 과거의 내가 했던 일들이 머릿속을 스쳐갔다. 게다가 몇 년 전부터 먹방 크리에이터와 인플루언서까지 추가했으니, 지인의 말이 절로 이해가 되고도 남았다.


이벤트 사업할 때 알던 사람은 내가 프로 피트니스 선수가 되겠다고 했을 때 미쳤다고 했다. 그냥 하던 강연이나 다니지 마흔이 넘은 나이에 대체 뭐 하는 짓이냐고 나무랐다. 그러면서 도저히 이룰 수 없는 무모한 도전이라고 말렸다. 하지만 걱정하지 않았다.

'그깟 나이가 어때서?'

난 한 번도 도전을 두려워한 적이 없었다. 닥치는 대로 도전했고 보란 듯이 해냈다.

실제로 남들보다 몸도 약했고, 마흔한 살이라는 나이도 만만치 않았지만, 국내외 대회를 가리지 않고 1등이란 1등은 거의 다 거머쥐었다. 하지만 난 그 자리에 머물러 있지 않고 또다시 도전을 선택했다. 피트니스 센터 대표를 거쳐 SNS에서 먹방 크리에이터로 활동하고 있다. 그리고 지금도 새로운 변신을 준비 중이다.

난 나를 어떤 사람이라고 규정짓는 걸 좋아하지 않는다. 끊임없이 도전하고 변화하는 게 나다. 어떤 일에 싫증을 잘 내서가 아니다. 오히려 한 번 일을 시작하면 끝장을 보고 마는 성격이다. 하지만 변화할 수밖에 없었고, 변화해야만 했다.

가난하게 태어났고, 배운 것도 많지 않았다. 가난했으니 더 열심히 살아야 했고, 많이 배우지도 못해서 남들보다 더 노력해야만 했다. 그 누구도 내 인생을 책임져 줄 수 없다는 걸 너무나 잘 알기 때문에 스스로 모든 걸 책임져야 했다. 그래서 늘 고민했고, 주저 없이 실천해야 했다. 이렇게 많은 직함을 갖게 된 것도 생존을 위해 고민하고 또 고민했던 결과였다. 누군가 내게 뭐 하는 사람이냐고 묻는다면 망설이지 않고 대답할 수 있다.

"난 잘 하는 사람이 아니라, 잘 하고 싶은 사람이다. 그저 잘 해내야만 하는 사람이다."

이 책에는 그동안 아무한테도 말하지 않았던 나의 결핍을 솔직하게 털어놓았다. 그러니까 내 인생 최초의 고백인 셈인데, 이유는 딱 하나다. 가난해서, 배운 게 없어서, 여자라서, 엄마라서, 경력이 단절돼서, 너무 늦어서….

이렇게 지금도 망설이는 사람들이 있다면, 내 이야기를 듣고 힘을 내라고 말해주고 싶었다.

어느덧 내 나이 마흔아홉. 한 번도 내색하지 않았지만, 쉽지 않은 여정이었다. 남몰래 울기도 많이 했다. 그래서 더욱 말하고 싶었다. 가난했고, 배운 게 없었고, 여자였고, 엄마였기 때문에 더더욱 말하고 싶었다.

"특별하지 않은 나도 해냈으니
당신도 할 수 있다!"

**PART 1**

어쩔 수 없는 일들에 대처하는 자세

# PART 1
## 어쩔 수 없는 일들에 대처하는 자세

"엄마 목소리 또 이상해졌어."

친정엄마와 한참을 통화하고 났더니 딸이 나무라듯 눈꼬리를 가늘게 떴다. 또 그 병이 도진 모양이었다.

이상하게도 난 친정엄마와 통화를 하면 괜히 심술을 부린다. 특별히 마음에 들지 않는 내용이 있어서가 아니었다. 별일 없냐고. 잘 지내냐고. 그냥 안부 전화일 뿐이었는데, 딸의 말처럼 전화 목소리부터 딱 바뀌어서 이래저래 투정을 부리다 결국 시큰둥하게 전화를 끊고 만다. 참 이상한 일이다.

난 내 감정을 잘 드러내는 편이 아닌데. 다른 사람한테 내 감정을 들키는 게 싫어서 기분이 좋건 싫건 한결같은 목소리를 유지하는 편인데. 친정엄마만은 예외였다.

"애증이야."

혹시라도 오해가 있을까 딸을 향해 웃어 보였지만, 이미 끊어버린 전화를 되돌릴 수는 없었다. 왠지 가슴 한켠이 체한 것처럼 답답해 왔다.

친정엄마는 내 모습을 볼 때마다 깜짝 놀라곤 한다. 광안리 바다가 한눈에 내려다보이는 큼지막한 아파트에 살면서 아이들도 잘 키우고 있는 내 모습이 영 믿기지 않는 모양이었다. 언니만 넷이 있는 딸 부잣집 막내딸로 태어나 잘 입히지도 잘 가르치지도 못했는데 이만큼 살고 있다는 게 당신 눈에 대견해 보인 것이다.

"그런 소리 좀 그만 하라니까."

이제는 익숙해질 때도 됐건만. 여전히 친정엄마의 목소리를 들으면, 마음과 달리 쌀쌀맞게 대하곤 했다. 전화를 끊고 나니 친정엄마에 대한 비릿한 기억이 스멀스멀 솟아올랐다.

어린 시절, 엄마는 자갈치 시장 경매에서 바닥에 떨어진 생선을 가져다 팔았다. 늘 몸빼바지를 입었고 지갑 대신 검은 비닐봉지를 들고 다녔다. 모든 엄마들이 다 우리 엄마와 같은 모습인 줄 알았다. 하지만 한 살 한 살 나이를 먹어가면서 그게 아니란 걸 알게 되었다.

"아이고, 손녀가 참 예쁘네요."

엄마의 손을 잡고 길을 걸을 때 사람들이 했던 말이었다. 사람들은 엄마를 할머니라고 불렀다. 겉모습일 뿐이지만, 엄마는 그만큼 비루했다. '할머니가 아니라 우리 엄만데요.' 마음속에서 항변했지만, 차마 입 밖으로 꺼내지 못했다.

엄마가 부끄러웠다. 한참 외모에 신경 쓸 사춘기가 되니 더더욱 그랬다. 친구들과 자갈치 시장을 지나다 지친 몸을 이끌고 집으로 돌아가는 엄마를 우연히 발견하면, 난 마주치기라도 할까 두려워 황급히 몸을 숨겼다. 친구들에게 축 처진 엄마의 모습을 보여주고 싶지 않았다. 그런 날이면 엄마가 묻곤 했다.

"내가 부끄럽니?"

"아니, 엄마 못 봤는데."

씻어도 사라지지 않는 생선 비늘 냄새가 코끝을 찔렀고, 난 인상을 쓰며 고개를 가로로 흔들었다.

아빠는 내 나이 네 살에 뇌출혈로 돌아가셨다. 사업을 하다 망했는데 충격으로 술을 많이 드셨다고 했다. 말이 네 살이지, 사실상 아빠가 없는 거나 다름없었다. 아빠에 대한 기억도 없고, 당연히 아빠라고 불러본 적도 없다. 그러니까 내 인생에서 아빠라는 존재는 그냥 빈칸이나 마찬가지였다. 아무것도 적혀 있지 않은 빈칸.

하지만 인생은 글자와 다르다. 빈칸처럼 아무것도 적혀 있지 않은 것으로 끝나지 않는다. 빈칸은 결핍을 의미했고, 결핍은 가난을 의미했다. 그리고 가난은 내게 고통으로 다가왔다. 특히나 가정의 경제를 책임져야 할 아빠의 빈칸이었기에, 그 공백이 더욱 크게 다가올 수밖에 없었다. 누군가는 그 빈칸을 채워야 했다. 그건 당연히 엄마의 몫이었다.

엄마는 아무런 준비도 없이 혼자가 되었다. 혼자가 된다는 건 자식들을 혼자 키워야 한다는 걸 의미한다. 게다가 우리 집은 딸만 내리 다섯이었고 난 그중 막내였다.

"엄마 일하러 갔다 올게."

다섯 명의 딸을 홀로 먹여 살리기 위해 일을 해야만 했다. 그건 네 살 밖에 안 된 나를 집에 혼자 두고 일하러 나가야 한다는 걸 의미했다. 겨우 네 살밖에 안 된 아이였기에, 일하러 간다는 말이 어떤 것을 의미하는지 알 턱이 없었다.

하지만, 그 말을 들으며 난 그렇게 울어댔다고 했다. 동그란 눈으로 엄마를 바라보며 닭똥 같은 눈물을 뚝뚝 흘렸다고 했다.

엄마가 그 말을 하고 나면 혼자 있어야 한다는 걸 본능적으로 안 것이다. 엄마 품에 안겨 있어야 할 나이였고, 마음껏 어리광을 부려야 할 나이였기에, 혼자 우두커니 방에 있어야 한다는 게 너무 두려웠다. 엄마가 일하러 나간 뒤 혼자 있어야 했던 시간. 그건 어린 내게 고통의 시간이었다. 지금도 일하러 갔다 온다는 엄마의 말을 떠올리면 목소리가 떨린다. 아주 오랜 시간이 흘렀지만, 여전히 지워지지 않는 오롯한 상처가 된 탓이다.

　위로 네 명의 언니들이 있다. 이름은 미애, 미정, 미경, 미라. 내 이름은 미미다. 딸이 네 명 있으니 부모님은 아들을 원했지만 그게 어찌 원한다고 될 일인가. 난 딸로 태어났고, 아빠는 그래도 예뻐지라며 아름다울 미(美)자를 두 개 써서 미미로 이름을 지어주었다. 그리고 몇 년이 채 지나지 않아 세상을 떠나버렸다.

　당연히 우리 집은 가난했다. 태어난 곳이 어딘지는 모르지만, 어린 시절 부산에서도 진짜 못 사는 동네였던 범일동 안창마을에서 자랐다. 그곳은 마치 60년대 그대로 시간이 멈춘 듯한 곳이었다.

　수도도 없어서 물이 필요할 때마다 공동수도장에 가야만 했다. 집에 커다랗고 빨간 다라이가 두 개 있었는데, 언니들과 함께 끙끙거리며 다라이를 들고 가 공동수도장에서 물을 받아와 쓰곤 했다. 한 번 받아오면 일주일 동안 아껴가며 그 물을 사용했다. 덕분에 자갈치 시장에서 일했던 엄마는 깨끗이 씻을 수 없었고, 우리 집에는 비린내가 가실 날이 없었다.

집도 너무 비좁았다. 문을 열고 들어가면 부엌 하나 단칸방 하나가 전부였다. 식구는 여섯인데 발을 뻗고 잠을 잘 수도 없었다. 하지만 엄마는 지혜로운 분이었다. 어디선가 나무판자를 구해 장롱을 위에 올려 공간을 만들어주었고, 덕분에 간신히 다리를 뻗고 잠을 잘 수 있었다.

집에 화장실도 없어 옆집 화장실에 가야 했고, 휴지 대신 신문지를 구겨 사용했다. 휴지라는 게 있는지도 몰랐다. 그런 상황이었으니, 외식은 꿈도 꿀 수 없었다. 집에서 고기를 구워 먹는 것도 몰랐다. 유일하게 입이 호강하는 날은 아빠 제삿날이었다. 일 년에 단 하루 그날만 통닭을 먹을 수 있었기 때문이었다.

하지만 그때만 해도 알지 못했다. 엄마 덕분에 다리를 뻗고 잠을 잘 수 있으니 온 가족이 같이 있다는 것만으로도 나쁘지 않았다. 그런데 집 밖으로 나와 보니 세상은 내가 생각했던 모습이 아니었다.

우연히 놀러 간 친구 집. 그곳은 완전히 딴 세상이었다. 친구네는 여섯 명이 일렬로 누워 장롱 밑으로 다리를 뻗고 자지도 않았고, 집에 수도가 있어서 필요할 때마다 마음껏 물을 사용할 수도 있었다. 그리고 화장실에 가고 싶을 때 옆집 눈치를 보지 않아도 됐다. 그러니까 모든 게 우리 집과 달랐다.

'우리 집은 왜 이렇게 가난한 거지. 가난해도 이렇게 가난할 수 있구나.'

난 그때 유독 우리 집만 다르다는 걸 처음 알게 되었고, 그게 가난이라는 것도 처음 알게 되었다. 부끄러워 친구들을 집으로 데려오지 않게 된 것도 그때부터였다.

초등학교에 들어가니 아빠가 없는 것도 놀림거리가 됐다. 지금으로 말하면 왕따였다.

"이건 우리 아빠가 사줬다. 넌 아빠가 이런 것도 안 사주지?"

어차피 가난해서 장난감 하나 사줄 형편도 못 됐지만, 굳이 아빠라는 이름까지 들먹이는 친구들이 너무 야속했다. 그중 유난히 날 놀렸던 친구가 있었다. 돌이켜 생각해보니 그 집 아빠도 백수였다. 그 집 아빠는 하교할 때 매일같이 오락실에서 친구를 기다리고 있었다.

그 친구는 하굣길 오락실에 있는 아빠를 발견하면 쪼로로 달려가 품에 안겼다. 별것도 아니었지만, 그게 너무 부러웠다. 장난감을 갖지 못한 것보다 열 배, 백 배는 더 부러웠다. 무언가 알 수 없는 따뜻한 공간으로 들어가는 느낌이랄까.

집에 가면 아무도 없는 텅 빈 공간에 있어야 했기에. 아빠의 부재는 더욱 크게 느껴질 수밖에 없었다.

혼자 있는 시간이 많아서인지, 어릴 때부터 무엇이든 알아서 해야 하는 아이였다. 밥을 먹는 것도, 옷을 입는 것도, 세수하는 것도, 친구들과 노는 것도 혼자 다 알아서 해야만 했다.

놀다가 넘어져도 울지 않았다. 아니 처음에 한두 번 넘어져 무릎이 까졌을 때 서러워 울기는 했다. 하지만, 그것조차도 나 혼자 해내야 했다.

다행히 언니들이 옆에 있으면 나를 일으켜 세우며 '호호' 하고 상처를 불어주기도 했지만, 그건 운이 좋아야 가능했다. 언니들 없이 혼자 친구들과 놀 때가 더 많았고 모든 걸 나 혼자 알아서 해야 했다. 그건 강해져야 한다는 걸 의미했다.

"야, 저기로 가서 놀자."

어린 시절 같이 어울렸던 동갑내기 사내아이들이 있었다.

갑이, 욱이, 만석이. 나만 빼고 다 남자애들이었지만 그들 사이에서 골목대장으로 통했다. 몸이 튼튼해서가 아니었다. 오히려 또래보다 몸은 약했지만, 그냥 무엇이든 내가 알아서 해야 한다는 잠재의식이 나를 지배하고 있었다. 그래서 꿀리지 않으려 더 씩씩한 척 행동하며 이리저리 친구들을 이끌고 놀러 다녔다. 친구들도 나의 카리스마에 압도됐는지 별다른 문제 없이 함께 어울려 놀곤 했다.

그러던 어느 날이었다. 공터에서 친구들과 놀다가 나보다 한 터울 나이가 많은 언니들과 시비 붙은 적이 있었다. 말이 시비지 큰 언니들의 일방적인 폭력이었다.

"너희 꼬맹이들은 저쪽으로 가서 놀아."

그 언니들은 우리를 밀치며 말했다. 우리보다 족히 한 뼘은 더 키가 컸던 언니들의 강압적인 태도에 같이 있던 친구들은 두려움에 떨었다. 너무 무서워 울음을 터뜨리는 아이도 있었고, 한 아이는 빨리 집으로 가자며 내 소매를 잡아끌었다.

나도 너무 무서웠다. 저렇게 키가 큰 언니의 말에 눈물이 날 정도로 무서웠지만, 울음을 꾹 참고 언니들을 향해 말했다.

"여기 우리가 먼저 놀고 있었는데 왜 가라고 해요?"

어차피 집에 가도 혼자 있어야 했기에 집으로 가는 것도 싫었지만, 진짜 억울했다. 왜 우리가 놀다가 집에 가야 하는지 이해할 수 없었다. 그러자 언니들이 내 머리를 쥐어박으며 더 힘차게 나를 밀쳤다.

"이 꼬맹이 녀석이."

밀치는 힘도 어마어마했지만, 그대로 주저앉을 수는 없었다. 무서웠고, 힘에 부쳤지만 지긴 싫었다. 그래서 언니의 몸을 잡고 배꼽을 힘껏 깨물었다.

"으아아앙!"

결국, 공터를 놓고 벌인 아이들의 분쟁은 나의 승리로 끝나고 말았다. 나보다 한 뼘이나 더 크다고는 하지만 그래 봤자 어린아이였고, 한 번도 경험해보지 못한 배꼽 깨물기 공격에 울음을 터뜨리고 만 것이었다.

잠시 후, 승리의 기쁨을 만끽하며 공터에서 놀고 있는데 배꼽을 물렸던 언니의 엄마가 연탄집게를 들고 나를 찾아왔다.

"어떤 녀석이 우리 귀한 딸 배꼽을 깨물었어?"
"……."

그 언니의 엄마는 당장이라도 연탄집게로 때릴 것처럼 나를 위협했다. 서러웠다. 우리 엄마는 일하러 가서 도와줄 수도 없는데. 나보다 키도 한 뼘이나 더 큰 주제에 엄마까지 데리고 와서 뭐라 그러는 게 너무 서러웠다. 하지만, 기죽고 있어봤자 달라질 건 없었다. 난 엄마를 불러올 수 없었지만 그래서 더 물러설 수 없었다.

"우리가 먼저 놀고 있었어요. 난 잘못한 게 없으니까 나한테 뭐라 그러지 마세요."

눈물이 그렁그렁하게 맺혔지만 눈을 똑바로 뜨고 언니의 엄마를 대들듯 쳐다보았다. 조그만 아이의 당돌한 모습이 황당했는지 그 언니의 엄마도 놀란 눈으로 나를 쳐다볼 뿐이었다.

그렇게 골목대장으로 명성을 떨치며 어린 시절을 보냈다. 하지만, 세상은 넓고 난 아직 꼬마에 불과했다. 누구한테 지기 싫어하고, 기죽지 않으려 할 말 다 하는 성격은 여전했지만, 매번 배꼽을 깨물어 싸움에 이길 수는 없는 노릇이었다.

원정 놀이를 갈 때마다 더 강한 언니 오빠들을 만나야 했고, 언니 오빠들한테 맞고 울며 집으로 돌아온 적도 부지기수였다.

하지만, 내겐 언니들이 있었다. 아빠의 부재, 그리고 아빠의 부재를 메꾸기 위해 매일같이 일을 나가야 했던 엄마의 상황. 그건 언니들에게도 마찬가지였다. 동병상련의 심정이었을까?

마치, 독수리 오형제처럼 우리 다섯 자매는 똘똘 뭉쳤다. 비록 지구를 지킨 건 아니었지만, 서로를 지키기 위해 독수리 오형제 못지않게 뭉쳤다.

내가 밖에서 맞고 들어오는 날이면 바로 위 언니가 득달같이 달려가 나를 때린 언니 오빠를 혼내주었다. 위에 언니가 당하고 오면 그 위에 언니가 나섰고, 이도 저도 안 되면 결국 제일 큰 언니가 가서 동생들의 복수를 해주었다. 가난했지만, 그래서 엄마 아빠 없이 어린 시절을 보내야 했지만. 어른 없이 지내야 하는 트라우마를 같이 겪었던 언니들이 있었기에 그래도 썩 나쁘지 않은 어린 시절이었다.

## 꿈은 차라리 사치였다

"넌, 도대체 생각이 있는 애니?"

넷째 언니가 고등학교를 졸업할 때쯤이었다. 엄마가 넷째 언니를 보며 깊은 한숨을 내쉬었다. 고개를 푹 숙인 모습으로 봐선 뭔가 큰 사고라도 친 모양이었다. 꽤나 심각한 분위기. 난 이러지도 저러지도 못하고 눈치만 살피고 있었다.

"죄송해요."
"죄송한 거 알면 됐다."

한참을 말도 못 하고 있던 언니가 소맷자락으로 눈물을 훔치며 밖으로 나갔다. 엄마도 자리에서 일어났지만, 언니처럼 눈시울이 붉게 물들어 있었다. 난 슬그머니 언니를 따라 나가 물었다.

"왜 그래? 무슨 사고 쳤어?"

"응, 대학 시험을 쳤거든."

눈에는 눈물이 가득했지만, 엷은 미소를 짓는 언니를 보며 난 더 이상 아무 말도 할 수가 없었다. 속상했다. 고등학교를 졸업할 나이가 되어서 대학 시험을 친 게 분명 잘못한 일은 아닐 텐데. 마치 무슨 대역 죄인이라도 된 것처럼, 언니는 왜 고개도 들지 못한 채 눈물을 흘려야 했을까? 언니도 언니지만, 언니를 혼내며 눈시울이 붉어졌던 엄마의 행동은 또 무엇이었을까?

언니들은 현명하고 공부도 잘했다. 당연히 하고 싶은 것도, 되고 싶은 것도 많을 거였다. 꿈도 많았을 거였다. 하지만 보호받아야 할 나이에 보호받지 못했고, 꿈을 꿔야 할 나이에 꿈을 꾸지 못했다.

가난이라는 거. 단지 좁은 방에 다닥다닥 붙어 자며 불편함을 감수해야 하는 정도로 끝날 수 있는 게 아닐지도 모른다는 생각이 처음으로 들었다.

가난이라는 거. 어쩌면 족쇄처럼 나를 따라다니며 내 삶을 옥죄어 올지도 모른다는 생각에 절로 몸서리가 쳐졌다.

언니들은 꿈을 꿔야 할 나이에 꿈을 꿀 수 없었고, 빨리 어른이 되어야 했다. 받아들이고 싶지 않지만 받아들여야만 하는 일. 그건, 넷째 언니와 엄마뿐 아니라 우리 가족 모두가 숙명처럼 받아들여야만 하는 일이었다.

우리 가족에게 고등학생이란 신분은 꿈을 꿀 수 있는 시기가 아니었다. 어른이 되어 돈을 벌기 전 마지막 단계. 그 이상도 이하도 아니었다. 실제로 언니들의 삶이 그랬다. 여상을 나와 취직을 하고 돈을 벌어 엄마에게 드려야만 했다. 월급을 타면 100% 엄마에게 주고 용돈을 받아 썼다. 그래야 줄줄이 대기하고 있는 동생들 학교라도 보내고 나중에 결혼이라도 시킬 수 있을 거였다. 난 마음이 너무 아프면서도 확실히 깨달았다.

'대학은 내가 갈 수 있는 곳이 아니구나.'

아빠 없는 하늘 아래, 자갈치 시장 경매에서 떨어진 생선을 가져다 파는 한 부모 딸 부잣집 막내딸로 태어난 이상 대학은 다른 세상의 일일 수밖에 없었다.

시간이 지나 나도 중학교에 입학했다. 가난이라는 트라우마는 여전했고, 대학에 갈 수 없다는 현실도 여전했다. 당연히 공부를 잘 할 리가 없었다. 아니 처음부터 공부를 못했던 건 아니었다.

처음 본 영어시험에서 100점을 맞았다. 하지만 공부를 왜 해야 하는지 목표 의식이 없었다. 대학을 갈 수 없다는 현실적인 장벽이 나를 가로막았기 때문이었다. 당연히 그다음 시험에서 80점, 그다음 시험에서 70점을 맞으며 점점 성적이 떨어졌다. 처음에 100점 맞던 아이의 성적이 점점 떨어지니 하루는 선생님이 나를 불러 말했다.

"집에 가서 언니들한테 물어보든가 학원에 다니든가 해라."

언니들이 많다는 걸 알고 한 말이었지만 현실적으로 불가능한 일이었다. 우리 언니들은 내게 공부를 가르쳐줄 만큼 여유가 있지도 않았지만 그럴 분위기도 아니었다. 엄마 몰래 대학 시험을 친 사실에 죄인처럼 눈물을 흘려야 했던 언니들에게 공부를 가르쳐달라고 말할 수는 없는 노릇이었다.

그러면 학원? 그게 대체 어디에 쓰는 물건인지 알지도 못했다. 결국, 성적은 더 떨어질 수밖에 없었고 점점 공부와 담을 쌓게 되었다. 그러니까 공부가 내 인생에서 점점 멀어지게 된 것이었다.

그렇다고 꿈이 없었던 건 아니었다. 그 시절 하고 싶은 건 많았다. 태권도복을 입고 다니는 친구들을 보면 태권도가 하고 싶었다. 그래서 친구를 따라 태권도장에 구경을 간 적도 있었다. 열린 문틈으로 친구들이 태권도 발차기를 하는 모습을 보니 너무 멋있게 보였다.

'그림이라도 그려보자.'

발차기 모습을 그려서 엄마에게 보여주면 태권도 도장에 등록할 수 있을 것 같아서였다. 가방 필통에서 연필을 꺼내 태권도 발차기를 하는 친구의 모습을 몰래 따라 그렸다. 내가 마치 발차기를 하는 것처럼 상상하며 그림을 완성해 나갔다. 하지만 빈 공책 한 장을 다 채우기도 전에 태권도에 대한 꿈을 포기해야만 했다.

볼펜에 낀 몽당연필! 연필 살 돈도 없이 친구들의 쓰다 남은 연필을 볼펜 껍데기에 끼어서 써야 했던 현실에 더 이상 그

림을 그릴 수는 없었다. 그림을 그려 가져가도 엄마한테 태권
도장에 보내달라고 말할 수도 없다는 걸 너무 잘 알기 때문이
었다.


한 번은 이런 일도 있었다. TV에서 댄서가 춤을 추는 모
습을 보는데 그 모습이 너무 멋있게 보였다. 슬쩍슬쩍 따라 해
보니 제법 비슷하게 흉내 낼 수 있었다.

'오호라! 혹시 무용에 재능이 있는 걸까?'

멋진 무용복을 입고 춤을 추는 내 모습을 상상하니 절로
얼굴에 미소가 지어졌다. 더 기쁜 건 학교에 무용 시간이 있다
는 점이었다. 무용이라면, 태권도처럼 굳이 돈을 내고 학원에
다니지 않아도 충분히 배울 수 있었다. 시간표를 보니 마침 다
음날 무용 시간이 있었다.

꿀꺽! 생각만 해도 기뻐 침이 절로 넘어갔다.

다음 날, 벌써 무용수라도 된 것처럼 설레는 마음으로 학
교에 갔다. 그리고 드디어 맞이한 무용 시간. 난 하나라도 놓
칠세라 눈을 부릅뜨고 선생님이 가르쳐 준 동작을 지켜봤다.
그랬더니 스트레칭부터 기초 동작 하나하나까지 다 따라 할

수 있었다.

'아, 난 천재 무용수가 될 운명인가.'

드디어 내 꿈을 이룰 수 있는 것만 같아 생각만 해도 가슴이 벅차올랐다. 난 그 즉시 선생님께 여쭈었다.

"무용수가 되고 싶은데 어떻게 해야 하나요?"
"여고에 무용부가 있으니 거기로 진학하면 되겠네."

선생님도 재능이 있는 것 같다며 나를 응원해주었다. 내가 다녔던 여중과 같은 재단의 여고로 진학만 하면 된다는 말. 뛸 듯이 기뻤다. 벌써 무용수가 된 기분이었다.

하지만, 이어지는 선생님의 말을 듣고 다시 한번 절망할 수밖에 없었다. 무용부에 들어가기 위해서는 무용복이니 뭐니 해서 100만 원 정도가 필요하다는 말 때문이었다.

'100만 원이라….'

눈앞이 깜깜해지고 어깨에 힘이 빠져 축 늘어졌다. 우리 집에 100만 원은커녕 10만 원도 없다는 걸 너무 잘 알고 있었고, 내 꿈은 차라리 사치라는 걸 절감했다.

## 반드시 해내야만 하는 일 ────────────

'돈을 벌어야 한다.'

꿈이 사치라는 걸 깨닫고 나자 시간이 쏜살같이 지나갔다. 목표가 명확해지니 더는 망설일 것도 없었다. 난 무용부가 있는 여고에 진학하는 대신 취업이 잘 되는 여상에 진학했다. 그리고 언니들이 그랬던 것처럼, 빨리 졸업해 집안 살림을 돕는 것만 생각하게 되었다.

꿈 말고 생존.

인생의 목표가 바뀌었지만 실망하지는 않았다. 꿈이란 건 나중에 이루면 되는 것이고, 하루하루 열심히 살다 보면 언젠가 꼭 이룰 수 있을 거로 생각했다. 나중에, 아주 나중에 이루면 될 일이었다.

내 나이 네 살 때, 사업에 실패한 아빠가 뇌출혈로 돌아가신 건 엄마의 잘못이 아니었다. 우리 가족 모두의 숙명이었고,

우리 가족이 함께 감당해야 할 일이었다.

'항상 몸빼바지를 입고 다니며 할머니 소리를 들어야 했던 엄마의 마음이 어땠을까?'

'몰래 대학 시험을 치른 언니를 혼내야 했던 엄마의 마음은 어땠을까?'

'꿈을 꿀 나이에 어른이 되어야 했던 언니들의 마음은 어땠을까?'

생각하면, 나 혼자 꿈을 꾸며 호사를 누릴 수는 없었다. 가족이기에 나 역시 숙명처럼 감당해야 할 일이었다.


'어떻게 하면 돈을 잘 벌 수 있을까.'

고등학교 3학년이 되자 내 머릿속에는 이 생각밖에 없었다. 무엇을 하겠다는 생각보다 당장 내가 할 수 있는 걸 찾아 집안 살림에 보탬이 되어야 한다는 생각뿐이었다. 취업이 가능한 8월부터 난 최선을 다해 취업 자리를 찾아다녔는데, 그러면서 철칙을 하나 세웠다.

'3일, 3주, 3개월, 3년을 견뎌보자.'

이른 바 3, 3, 3, 3원칙. 나름 기간마다 동기부여를 한 것이었다. 어떤 일을 시작했는데, 3일도 견딜 수 없으면 정말 아닌 일이니까 그만두어야 하지만, 3일을 견딜 수 있다면 할 만한 일이라 생각할 것. 그다음 3주는 같이 일하는 사람들을 아는데 필요한 시간이니 반드시 견뎌낼 것. 그다음 3개월은 업무 파악을 위해 필요한 시간이니 꼭 견딜 것. 그다음 3년은 나를 테스트하는 기간이니 나를 시험한다는 마음으로 견뎌낼 것. 그렇게 3년을 견디면 어느 정도 퇴직금도 받을 수 있게 될 거로 생각해 나름의 원칙을 만든 것이다.

첫 번째 들어간 회사는 그런 원칙에 따라 딱 3년이 될 때 그만두었다. 방사선 협회에서 사람들을 관리하는 일이었는데 월급도 너무 적었고 하면 할수록 오래 할 일이 아니라는 생각이 들어 내린 결정이었다. 그렇다고 대책도 세우지 않고 무작정 그만둔 건 아니었다. 미리 다른 직장을 알아보고 그만둔 다음 날 바로 출근할 수 있도록 만들었다.

지금에서야 하는 얘기지만, 처음 취업을 했던 고등학교 3학년 9월부터 지금까지 한 번도 일을 쉰 적이 없었다. 일을 그만두기 전 미리미리 다른 직장을 알아보고, 일을 그만둔 다

**PART 1** 어쩔 수 없는 일들에 대처하는 자세

음 날 바로 출근해서 일했다.

결혼하고 나서도 여름휴가 한번 제대로 가본 적이 없었다. 남편이 오늘 시간 되니 바람이나 쐬자고 하면 그게 휴가였다. 심지어 아이를 낳으러 가는 당일까지도 일할 정도였으니, 말 그대로 말해 뭐해.

암튼, 그렇게 방사선 협회를 그만두고 두 번째 직장에 들어갔다. 선박 안에 들어가는 부품을 만드는 중소기업이었는데 이전 직장보다 월급이 좀 더 많았다. 하지만, 대부분 수출하는 제품이었기 때문에 영어로 표기해야 하는 게 내 능력으로는 매우 힘들었다.

'이건 좀 아닌데.'

최대한 버티려고 노력했고 버텨야 했지만 오래 다닐 수 없다는 걸 직감했다. 무언가 다른 일을 찾아야 했지만 당장 옮길 직장을 찾는 게 쉽지 않았다. 고민에 고민을 거듭했다. 하지만 딱히 수가 있는 건 아니었다.

'그래, 일단 뭐든 하자.'

난 고민은 뒤로 미루고 일단 할 수 있는 것부터 시작하기로 마음먹었다. 당장 한 푼이라도 더 벌어야 한다는 생각 때문이었다. 그래서 생각해낸 것이 투잡.

평일에는 회사에 다니고 주말에 음악 감상실에서 알바를 했다. 덕분에 월급 전부를 엄마한테 주고 알바를 해서 번 돈을 용돈으로 쓰며 살 수 있었다.

하지만 그것도 얼마 지나지 않아 한계에 부딪혔다. 입사 후 1년이 지난 시점, 더는 회사에 다닐 수 없게 돼 하루라도 빨리 다른 일자리를 찾아야만 했다.

조바심에 노심초사하며 하루하루를 보내던 어느 날.

출근길 버스 안에서 뜻밖의 장면을 목격하게 되었다. 나레이터 모델들이었다. 버스 안은 몸을 가누지도 못할 정도로 사람이 많았지만, 차창밖에 정복을 입고 두 줄로 서 있는 나레이터 모델들의 모습이 슬로우비디오처럼 내 시선으로 들어왔다.

'와, 저 사람들 너무 멋있다.'

그런 생각을 하는 순간이었다. 스르륵. 차창 밖으로 슬로우비디오처럼 스치던 나레이터 모델 중 한 명의 얼굴이 내 얼굴로 바뀌는 느낌이 들었다.

'어, 이게 어떻게 된 일이지?'

그리고⋯, 마치 내가 서 있을 자리는 바로 여기라는 듯, 그들 사이에 서서 나를 향해 손을 흔들고 있었다. 물론 착각이었겠지만, 운명의 신이 그렇게 나를 향해 손짓하고 있었다.

　인생은 스스로 만들어가는 것이다. 하지만 동반자의 역할을 무시할 수는 없다. 어린 시절, 난 가난했지만, 그것조차도 함께 나눌 수 있는 엄마와 언니들이 있었다. 그래서 힘들어도 외롭지 않았다. 만약 우리 가족이 가난을 서로의 탓으로 돌리며 불평불만만 했다면 어땠을까? 아마 지금쯤 가족이 풍비박산이 나 있지 않았을까? 생각만 해도 끔찍하다.

　인생의 시작점에서 난 같은 곳을 바라보는 가족이 있어 행복할 수 있었다. 동반자가 있어서 외롭지 않았다. 그리고 성인이 되어 혼자 인생을 헤쳐 나가야 할 때 또 다른 동반자를 만나게 되었다.

　지금은 내 인생에서 도저히 떼려야 뗄 수 없는 나의 반쪽이 된 남편. 그를 처음 만난 건 고등학교 1학년 때 여름이었다.

　주말, 여상에 다니던 나는 친구들과 모여 광안리로 놀러

간 적이 있었다. 나뭇잎만 떨어져도 까르르 웃던 사춘기 여자아이들이 모였으니 같이 있다는 것 자체로 그렇게 즐거웠다.

낮에는 물놀이하며 시간을 보냈고, 밤이 되면 바닷가에 모여 앉아 서로의 고민을 털어놓기도 했다. 짝사랑하던 동네 오빠와 총각 선생님 이야기가 단골 소재였다. 그날도 우리는 바닷가에 모닥불을 피워놓고 옹기종기 모여 앉아 시시껄렁한 이야기를 하고 있었다. 그곳엔 우리뿐만 아니라 군데군데 남자애들과 여자애들이 삼삼오오 모여 있었다. 지금처럼 놀 것도 많지 않았지만 특별한 곳에 갈만한 돈도 없었던 시절이라 광안리는 또래들의 가장 만만한 놀이터였다.

"쟤 뭐야?"

같이 있던 친구 한 명이 우리 옆에서 불을 피우고 놀고 있던 남자들을 향해 눈짓했다. 얼핏 보니 우리와 비슷한 또래의 남자애들이었다.

그중 유독 한 명이 눈에 띄었다. 키는 그렇게 크지 않았지만 어두운 모닥불 불빛에도 이목구비가 또렷이 드러날 정도로 눈길을 확 끄는 타입이었다. 난 모른 척 친구에게 되물었다.

"왜? 뭐가?"
"저 오빠, 너무 잘생겼지?"
"글쎄, 난 모르겠는데."
"자세히 봐봐. 얼굴이 탤런트 뺨친다니까."

그렇게 의뭉을 떨며 대화를 이어가고 있을 때였다. 자신들을 흘끔거리며 대화하는 걸 눈치챘는지 남자들이 우리 쪽으로 다가와 말을 걸었다.

"괜찮으시면 저희랑 같이 노실래요?"

유치하기 짝이 없는 상황이지만, 그때 광안리가 그랬다. 당시만 해도 남고와 여고가 분리된 경우가 많아서 남녀가 서로 말을 섞을 기회조차 별로 없었다. 광안리는 그런 또래들이 만날 수 있는 거의 유일한 해방구였다. 모닥불을 피워놓고 삼삼오오 모여 있는 남녀들이 즉석 만남을 갖는 일종의 초대형

부킹 장소였던 것이다.

합석하게 됐지만, 그 자리에서 남편과 인연이 생긴 건 아니었다. 원래 인연이라는 게 그렇다. 어떤 인연은 일부러 이어가려 해도 잘 이어지지 않고, 어떤 인연은 별로 신경 쓰지 않아도 반드시 이어지고야 마는 게 인연이었다. 나도 남편이 싫지 않았지만, 친구가 먼저 호감을 보였기에 내색할 수 없었다. 게다가 억지로라도 인연을 잇고 싶을 만큼 한눈에 반한 것도 아니었다.

그렇게 흐지부지 즉석 만남이 끝나고 헤어질 즈음 남편이 친구 몰래 내게 다가와 연락처를 달라고 했다. 호감이 있으니 연락을 하고 지낼 수 없겠냐는 거였다. 잠시 고민했지만, 싫지는 않아 연락처를 주고받고 헤어졌다.


그날 이후 남편에게서 연락이 오면 가끔 만나기는 했지만 사귀는 사이가 될 정도로 가까워진 건 아니었다. 집안 형편상 돈을 벌어야 했기에 남자를 사귈 만큼 마음의 여유가 있지도 않았다. 그와 한 살 터울이라 가끔 시간이 되면 편하게 만나 이런 저런 얘기를 나누는 친구 정도로 지냈다.

그러다 인연이 된 건 그로부터 한참이 지나 남편이 군대를 제대하고 난 뒤 어느 겨울이었다. 그날은 마침 크리스마스였다. 딱히 약속이 없었던 나는 혼자 있기도 우울해 남편에게 전화를 걸었다. 남편도 약속이 없어 집에 있으니 별일 없으면 놀러 오라고 했다.

"알았어, 지금 갈게."

난 별생각 없이 시간이나 보내자는 생각으로 남편의 집으로 갔다. 때마침 눈이 내리고 있었다. 혈기왕성한 젊은 남녀가 눈이 내리는 크리스마스에 단둘이 있게 되었으니…. 없던 사랑도 샘솟을 판이었다.

크리스마스 분위기에 취했는지, 우리의 사랑을 축복하듯 하염없이 내리는 눈에 취했는지. 그날 남편과 나는 친구 사이에서 남자와 여자 사이가 되고 말았다.

하지만, 그때까지만 해도 남편과의 인연이 평생 이어질 거라는 생각은 하지 않았다. 그와의 인연을 확신한 건 사귀고 나서도 한참이 지나 여자 친구의 자격으로 남편 집에 놀러 갔던 날이었다.

"손이 참 예쁜 아이구나."

내 손을 꼭 잡은 시어머니가 내게 건넨 말이었다. 그때 내 손을 잡았던 시어머니의 체온, 그때 그 분위기, 그때 그 목소리는 살아오면서 느껴본 적 없는 따뜻한 기운이었다. 난 그때 시어머니의 말을 듣고 아빠가 있는 집의 기운이 이렇게 다를 수 있다는 걸 처음 알게 되었다. 너무 부러워 이런 집이라면 평생 인연을 이어가도 좋다고 생각했다. 당시 시댁도 가난했지만, 그건 중요한 게 아니었다.

너무 어린 나이부터 어른이 돼야 했고, 내 삶은 스스로 개척해야 한다고 생각했다. 때문에 결혼은 그냥 새로운 사람과 새로운 곳에서 새로운 생활을 시작하는 것이지, 남편이나 남편의 집에 의존하겠다는 생각은 추호도 없었다. 그저 시아버지가 있는 남편 집의 화목한 기운이 좋을 뿐이었고, 그런 집안

에서 자라 온순하고 착하고, 나만 좋아해 주는 남편이 좋을 뿐
이었다.

　내 나이 스물아홉, 난 그렇게 나의 남편이자 평생의 동반
자를 만났다.

# 20년짜리 인생 플랜

# PART 2
## 20년짜리 인생 플랜

　내 인생의 반쪽 남편.

　광안리 해수욕장에서 그를 만난 건 정말 우연이었다. 만약 그를 만나지 않았다면 내 인생은 어떻게 됐을까? 물론 그건 아무도 모른다. 어쩌면 더 능력 있는 남자를 만나서 팔자를 고쳤을지도 모르고, 이상한 남자를 만나서 후회의 삶을 살았을지도 모른다.

　하지만 확실한 건, 그를 만나지 않았다면 지금의 나는 없었을 것이라는 점이다. 그게 운명이다. 범일동 안창마을에서 태어난 것도 내 운명이고, 광안리 해수욕장에서 남편을 만난 것도 내 운명이다. 그런 운명이 있기에 오늘의 내가 있는 것이다.


　선박용 부품을 만들던 중소기업에서 일하던 시절.

　출근길 버스에서 나레이터 모델들을 보게 된 것도 정말 우연이었다. 하지만 그게 내 인생의 운명이 되었다. 만약 그날 우연히 나레이터 모델들을 보지 못했다면 내 인생은 어떻게 됐을까? 물론, 알 수 없다.

당시 무엇이든 열심히 일해서 돈을 벌어야 했기에 무슨 일이든 했을 거였고, 그게 잘 되어서 더 크게 성공했을지도 모를 일이다. 하지만, 우연처럼 출근길 버스에서 나레이터 모델을 보게 되었고. 그게 내 운명이 되었다.

'와, 저 사람들 너무 멋있다.'

나레이터 모델을 보며 그렇게 생각했을 뿐이었다. 하지만, 환영처럼 나레이터 모델의 정복을 입은 내 모습이 보였고, 바로 버스에서 내리고 말았다. 운명에 이끌리듯 버스에서 내려 곧바로 그들을 찾아갔다.

"어떻게 하면 나레이터 모텔이 될 수 있습니까?"

난 나레이터 모델을 데리고 행사를 진행하던 담당자를 찾아가 다짜고짜 물었다. 황당했을 거였다. 면접 자리도 아닌데 처음 보는 여자가 다짜고짜 찾아와서 그렇게 물었으니. 나라도 황당해서 도대체 뭐 하는 사람이냐고 따져 물었을 거였다.

　행사를 담당하던 분도 어이가 없다는 듯 한참 동안 내 얼굴을 바라보았다. 하지만 난 시선을 피하지 않았다. 아니 오히려 진심을 담아 뚫어질 듯 그분의 눈을 쳐다보았다.

　담당자는 흔들림 없는 내 눈동자를 보며 결국 친절하게 방법을 설명해주었다. 이후 테스트를 거쳐 합격했고, 추가로 나레이션과 워킹 교육 등을 받아 나레이터 모델 일을 할 수 있게 되었다. 우연처럼 벌어졌지만, 정말 운명 같은 일이었다.

　결국, 그렇게 난 나레이터 모델이 되었다.


　나중에 이 일은 내 인생 프로젝트에서 정말 중요한 계기가 되지만, 그때만 해도 알지 못했다. 그저 너무 멋있게 보여 시작했을 뿐이었고, 간절히 원해 이루었을 뿐이었다. 따지고 보면 인생이 그렇다. 자기가 하고 싶은 일이 있고, 해야 할 일이 있다.

　난 꿈이 있었지만 가난한 집안 사정 때문에 할 수 없었고 무조건 돈을 벌어야 했다. 돈을 벌기 위해 하고 싶지 않은 일을 해야만 했다.

하지만, 내 몸에 맞지 않는 옷을 입은 것처럼 불편하기 짝이 없었다. 어쩔 수 없이 이를 악물고 악착같이 견뎌내야 했지만 분명 한계에 부딪힐 수밖에 없었다. 그 일을 계속했더라도 결국 잘 해낼 수 없었을 것이다. 그런데, 나레이터 모델 일은 달랐다.

내가 해야 하는 일이 아니라 하고 싶은 일이었다. 멋진 옷을 입고 남들 앞에서 얘기하는 모습. 그건 내가 꿈꾸던 모습과 너무 닮아 있었다. 그래서 버스 안에서 그런 환영을 보게 된 것인지는 모르지만, 처음으로 하고 싶은 일과 해야 하는 일의 접점을 찾게 된 것이다.


그렇게 시작된 나레이터 모델 일.

하지만 현실적인 문제가 있었다. 바로 돈이었다. 나레이터 모델은 월급제가 아니라 행사가 있을 때마다 돈을 받는 식이었기 때문에 수입이 불안정했다. 난 엄마에게 매달 거르지 않고 월급을 줘야만 했다. 그렇다고 하는 일이 너무 즐거운데 포기할 수도 없었다. 그러니까 내가 즐거워하는 일을 계속하기 위해서라도 다른 일을 찾아야 했다.

'내가 할 수 있는 일이 뭐가 있을까?'

행사에 정해진 시간과 요일이 있는 게 아니어서 두 가지 일을 같이하려면 일단은 시간을 자유롭게 쓸 수 있는 일이어야 했다. 그러니 매주 주말 정해진 시간에 나가야 하는 알바도 할 수 없었다. 고민하고, 또 고민했다. 그러다 문득 떠오른 것이 장사였고, 큰돈이 들지 않는 액세서리 노점이었다.

당시 부산 번화가에는 액세서리를 파는 노점들이 더러 있었는데, 지나다 보면 장사도 꽤 잘 되는 것 같았다. 남들 앞에서 말하는 것도 잘하고 좋아하는 터라 어느 정도 잘할 자신도 있었다. 결국, 액세서리 노점을 하기로 마음먹었고, 그날로 주저 없이 준비에 착수했다.

먼저 액세서리 수급. 도매로 떼어오는 루트는 이미 알고 있었다. 하지만 장사를 처음 해보기 때문에 어느 정도 마진을 남겨야 할지 알 수 없었다. 어쩔 수 없이 그냥 부딪혀 볼 수밖에 없었다. 부산 시내 액세서리 노점들을 돌며 마음에 드는 액세서리 가격을 물어보러 다녔다. 그리고 도매시장에 가서 가격을 알아보았다. 그랬더니 자연스럽게 마진이 정해졌다.

그다음은 액세서리를 팔 노점. 커다란 리어카를 사야 했지만, 그조차도 돈이 없었다. 궁리 끝에 당시만 해도 썸타는 중이었던 남편에게 물었다. 남자니까 왠지 해법을 알고 있을 것만 같았다. 아니나 다를까, 남편은 자신의 아버지가 그런 걸 잘만들 수 있다며 자신이 해결해주겠다고 했다. 그리고 며칠이 지난 뒤 진짜로 산 것 못지않은 리어카를 만들어주었다. 정말 일사천리로 진행되었다. 그렇게 노점을 해보겠다고 마음먹은 지 얼마 지나지 않아 투잡 생활을 할 수 있게 되었다.

시작하자마자 수입도 꽤 괜찮았다. 나레이터 모델 일을 알바로, 노점을 본업으로 여겨도 될 정도였다. 노점을 연 곳은 부산 감만동에 있는 약국 앞자리였는데, 사람들이 액세서리를 사기 위해 멀리서 찾아올 정도였다.

장사가 잘 돼 마음에 여유가 생기니 나레이터 모델 일도 점점 잘 할 수 있게 되었다. 이런 걸 시너지 효과라고 하나? 하나의 일은 돈을 잘 벌어서 재밌었고, 다른 하나의 일은 내가 하고 싶은 일이어서 재밌었다. 그러니 두 가지 일 모두 잘 풀리게 된 것이었다.

그러던 어느 날이었다. 며칠 동안 노점 주변을 맴돌며 내가 장사하는 걸 유심히 지켜보던 할머니 한 분이 나를 찾아와 말했다. 그 자리가 원래 자기 자리니 내놓으라는 것이었다.

'이런 황당한 일이 있나.'

어떻게 여기가 할머니 자리냐고 물었더니, 할머니는 이전에 여기에서 액세서리 노점을 했었는데 잠시 자리를 비운 사이에 내가 자리를 가로챈 거라고 우겼다.

어이가 없었다. 오랫동안 이곳을 지나면서 봐왔지만, 액세서리 노점이 있었던 적은 없었다. 만약 할머니가 아니라 우락부락한 남자가 와서 그렇게 말했다면 절대 양보할 수 없을 거였지만. 난 못 이기는 척 그러라고 하고 말았다. 그럴 만한 이유가 있었다. 마침 나레이터 모델 일에 좀 더 시간과 노력을 투자해볼까 고민하고 있었기 때문이었다. 그렇게 할머니한테 노점 리어카와 액세서리까지 가격을 다 받아 손해 한 푼도 안 보고 물건을 처리할 수 있었다.

노점 일을 정리하니 나레이터 모델 일은 더욱 날개를 달았다. 나레이터 모델 회사에서 팀장의 직함을 달고 그다음 대리를 달 수 있었고, 당시 돈으로 월 200만 원 정도 되는 수입을 올렸다. 웬만한 대기업에 다니는 사람 부럽지 않은 금액이었다.

'피할 수 없는 일이라면 차라리 즐겨라.'

인터넷에 명언 같을 걸 검색하면 쉽게 찾을 수 있는 말이다. 즉, 어차피 해야 할 일이라면 긍정적인 마인드로 되도록 즐겁게 하라는 뜻이다. 이건 나를 두고 하는 말이었다.

나에게 일은 곧 생존을 의미한다. 하루라도 벌지 않으면 안 되는 게 내 숙명이었고, 그래서 돈을 버는 일은 절대 내가 피할 수 없는 일이다. 성인이 되기도 전인 고등학교 3학년 때부터 생존을 위해 한시도 돈을 벌지 않으면 안 됐다.

당연히 상고를 나온 19살짜리가 할 수 있는 일은 별로 없었고, 난 피할 수 없을 뿐이지 전혀 즐길 수 없는 일을 할 수밖에 없었다. 처음 들어간 회사가 그랬고, 그다음 월급을 조금이라도 더 올려 받겠다고 옮긴 두 번째 회사가 그랬다.

그러다 우연처럼 마주친 나레이터 모델. 그건 내 천직과도 같은 일이었다. 처음엔 일당을 받으며 시작했지만, 좋아하고 잘할 수 있는 일을 하다 보니 달리는 말에 날개를 달아준 것처럼 능력을 인정받을 수 있었다. 하루하루 인정을 받으며 성장하다 보니 어느 순간 현장을 책임지는 팀장이 되었고, 그다음에는 회사에서 시스템을 관리하는 대리가 될 수 있었다. 그렇게 성장하며 남편과 결혼할 즈음에는 아예 현장에 나가지 않고 나레이터 모델을 관리하는 위치에 오를 수 있었다.

하지만 여기에 만족할 수 없었다. 어느 정도 위치에 오르다 보니 내 일, 내 사업이 하고 싶었다. 어차피 바닥부터 다 경험하고 올라온 터라 나레이터 모델 일은 물론 이벤트 사업 전반을 이해하고 있었기에 잘할 자신도 있었다.

"나, 딱 한 달만 쉴게. 당신이 돈 좀 벌어와."

난 결혼을 하고 얼마 지나지 않아 남편에게 말했다. 내가 얼마나 열심히 사는지 지켜봐 왔던 터라 처음에 좀 의아해했지만, 남편은 아무 말 없이 고개를 끄덕였다. 원래 남편이 그랬다. 나만 사랑하고 나만 아껴주는 건 너무 당연한 거고, 내가

064
굳세어라 미미쌤

하는 말이라면 똥으로 된장을 쑨다고 해도 믿어주는 사람이었다. 물론 그런 모습에 반해 결혼한 거였지만. 아무튼.

결혼 후 처음으로 남편의 동의하에 한 달을 쉬게 되었다. 고등학교 3학년 9월에 취업한 이후 처음 있는 일이었지만, 사실 그건 쉬는 게 아니었다.

회사에 출근하면서 월급을 받아오는 것이 아닐 뿐이었지 나름 이벤트 회사 창업을 준비했다. 바닥부터 관리하는 일까지 다 경험해봤기에 자신은 있었다. 일하면서 사람들을 대하는 일도 소홀히 하지 않았고, 나름 확실하게 일 처리를 한다는 평가를 받은 터라 어느 정도 일감을 따올 자신도 있었다. 그런데 문제는 늘 그렇듯 돈이었다.

일단 사업자등록증부터 냈지만, 버는 족족 엄마한테 드렸기에 사업자금으로 모아둔 돈이 한 푼도 없었다. 사무실도 있어야 하고, 행사에 쓸 장비도 마련해야 했다. 고민하고 또 고민했지만, 딱히 답이 있을 리 없었다. 어떻게 해야 할지 속만 끓이고 있는 어느 날 전화 한 통이 걸려왔다.

"혹시, 가게 오픈하는데 행사 가능하신가요?"

"네, 당연하지요."

사무실도 없었고, 행사에 쓸 장비도 전혀 없었지만 난 무작정 할 수 있다고 말하며 전화를 끊어버렸다. 부딪혀보면 어떻게든 되겠지. 무작정 이전 회사 다닐 때 알던 거래처로 쳐들어갔다.

"사장님, 저 이벤트 회사 차려서 행사 나가야 하는데 돈이 하나도 없어요. 저 믿고 빌려주시면 안 될까요? 돈은 행사 끝나고 바로 드릴게요."

장비 대여 업체의 사장님은 내 얼굴을 보며 군소리 않고 장비를 빌려주었다. 그렇게 처음으로 내 행사를 치를 수 있었다.

당시 행사비는 30만 원. 행사를 끝내고 이것저것 제하고 나니 14만 원이 남았다. 물건 빌린값을 먼저 3만 원 주고 도우미 비용까지 주고 나니 최종적으로 7만 원이 남았다. 그러니까 내 첫 사업의 마진이 7만 원인 셈이었다.

첫 단추를 잘 끼웠으니 그다음부터는 같은 방식으로 행사를 진행했다. 한 번, 두 번, 세 번. 행사를 치르며 번 돈을 모아 하나씩 장비를 사들였다. 장비를 사니 대여료가 나가지 않아 마진을 높일 수 있었다. 그리고 또 그 돈을 모아 건물 지하에 보증금 120만 원에 월세 10만 원 하는 사무실을 차릴 수 있었다.

사업자등록증 하나만 들고 막무가내로 물건을 빌려 우격다짐으로 행사를 처리했던 소위 '나가마' 사장에서, 비록 월세 10만 원짜리 지하지만 사무실까지 갖춘 진짜 사장이 된 것이었다.

하지만 이에 만족하지 않았다. 더 악착같이 행사를 따왔고, 더 악착같이 돈을 모았다. 조금 더 넓은 곳으로, 조금 더 넓은 곳으로.

지하일지언정 그렇게 사무실을 넓혀 갔고, 세 번째 사무실을 이전할 때 드디어 지하가 아닌 지상으로 올라갈 수 있었다.

'아, 이렇게 기쁠 수가.'

정말 믿기지 않는 일이었다. 내가 해내다니. 마치 세상을
다 가진 듯한 기분이었다.

스물아홉이 되던 해 4월 남편과 결혼했다. 같은 해 7월 사업자등록을 내 이벤트 회사 사장이 되었고 첫 달 올린 수입이 200만 원이었다. 다음 달 수입은 400만 원이 되었고, 그다음 달에는 700만 원으로 수직 상승했다. 사무실도 없이 무작정 시작한 것치곤 괄목할 만한 성장이었다.

"같이 사업을 하면 어떨까?"

당시 남편 월급이 세금을 제하고 120만 원 정도 됐으니 같이 하면 더 시너지를 내지 않을까 생각한 모양이었다. 하지만 난 단칼에 거절했다.

같이 하기 싫어서가 아니라 혹시라도 어떻게 될지 모르니 리스크를 분담해야 한다는 생각 때문이었다. 다행히 남편도 내 마음을 알아주었는지 의견에 따라주었다.

'더 열심히 하자.'

서운했을 법도 한데, 순순히 따라주는 남편이 고마워 하루하루 최선을 다하자 마음을 다잡고 있었다.

결혼 후 6개월 정도 지난 어느 날이었다. 출근하기 위해 운전하는데 집에서 나온 지 5분도 되지 않아 갑자기 차가 멈춰섰다. '어, 차가 왜 이러지. 이놈의 똥차.' 빨리 돈 많이 벌어 새차를 사자 생각하며 남편에게 전화를 걸었다.

"내가 바래다줄게."

마침 남편이 쉬는 날이어서 전화를 받자마자 흔쾌히 나를 태우러 나와 주었다. 그렇게 남편이 운전하는 차를 타고 다시 출근길에 올랐다. 좌회전 깜빡이를 켜고 신호대기 하는 남편의 옆모습을 보니 얼굴에 절로 미소가 지어졌다. 내가 남편 하나는 잘 만났지. 그날따라 남편의 진한 눈썹과 날렵한 턱선이 유독 멋지게 보였다.

그런데, 그 순간⋯. 갑자기 싸한 기운이 느껴졌다. 저 멀리

서 달려오는 자동차의 속도가 줄어들지 않는 것이었다. '저거 뭐지?' 하지만 이상하게 자동차의 속도는 점점 빨라지는 느낌이었다. 빠아아앙~.

잠시 후 고막을 찢을 듯 울려 퍼지는 경적소리.

자동차가 내 눈앞으로 돌진해왔다. 경적소리에 놀라며 자동차를 바라봤지만 할 수 있는 일은 없었다. 그저, 그 자리에서 한 발짝도 움직이지 못할 뿐이었다. 찰나의 순간이었지만. 고막을 찢을 듯 울리는 경적소리에 대한 두려움에, 자칫 죽게 될지도 모른다는 공포감에, 내 눈은 붉게 충혈됐다.

끼이익, 퍼억. 그대로. 그 자동차와 정면으로 충돌하고 말았다. 사고는 심각했다. 폐차를 해야 할 정도로 차가 망가져 버렸고, 산산이 조각 난 앞 유리의 파편이 그대로 내 가슴팍에 박혔다. 남편은 의식을 잃었는지 핸들에 머리를 박은 채 미동도 하지 않았다. 너무나 끔찍한 상황이었다. 어떻게 된 일인지, 어떻게 해야 할지 도무지 알 수 없었다.

지금도 그 순간을 생생하게 기억한다. 마치, 영화의 한 장면처럼.

넋이 나간 채로 공포에 질려 소변을 지렸던 내 모습, 119 구급대가 와서 차 문을 열어줄 때 내 얼굴을 때렸던 시원한 바람의 그 느낌까지. 마치 어제의 일처럼 생생하게 남아 있다.

그런데…. 이제 살았구나. 안도의 한숨을 내쉬는 순간, 갑자기 기억이 모두 사라졌다. 마법에라도 걸린 느낌이었다. 난 이해할 수 없다는 표정으로 남편에게 물었다.

"왜 회사 안 가고 여기 있어?"

"나도 몰라, 내가 왜 여기 있는지."

어느새 정신을 차렸는지 남편도 의아하다는 표정으로 내 얼굴을 바라보았다. 끔찍한 사고를 기억하지 못하는 건 나뿐만 아니라 남편도 마찬가지였다.

구급차를 타고 병원으로 이송됐지만, 외관상 큰 문제는 없었다. 다행히 일반병실로 옮겨 가족들과 면회를 할 수 있는 수준까지 회복되었다.

그런데, 갑자기 이상한 일이 벌어졌다. 사고 상황에 대해 가족들에게 설명하는데 호흡곤란 증세가 오며 이상하게도 숨이 쉬어지지 않는 것이었다. 멀쩡하게 있던 환자가 갑자기 숨을 쉬지 못하자 의사는 나를 중환자실로 옮겨 상태를 살폈다. 혹시 다른 이상이 있는 건 아닌지, 정밀검사도 진행했다. 그렇게 이틀 동안 상태를 살폈지만 왜 숨을 못 쉬는지 특별한 이유를 발견할 수 없었다.

"다른 병원으로 옮겨서 검사받아보자."

언니의 제안으로 병원을 옮겼지만, 호흡곤란이 왜 생기는지 도무지 이유를 알지 못했다. 가만히 있을 땐 괜찮다가도 무슨 소리만 들으면 계속해서 호흡곤란 증세가 찾아왔다.

결국, 신경정신과에 입원하게 되었다. 무엇보다 조용한 곳에 있고 싶어서였다. '나를 숨 못 쉬게 만드는 소리의 정체가 뭘까?' 난 병실에 누워 생각했다.

사고가 났던 그날 남편의 옆모습을 보며, 남편 하나는 잘 만났다고 생각했던 그 순간 나를 향해 돌진해 왔던 자동차의 소름끼치는 경적 때문일까? 아니면 달려왔던 자동차가 그대로 우리 차를 덮치며 냈던 끔찍한 파열음 때문일까? 아무리 고민해 봐도 이유는 알 수 없었다. 그저 하늘이 원망스럽고 또 원망스러울 뿐이었다.

이후에도 내 증상은 나아지지 않았다. 갑자기 무슨 소리를 듣거나 감정의 변화가 생길 만한 일이 발생하면 어김없이 호흡곤란 증상이 찾아왔다. 그러면 숨을 쉴 수 없게 돼 위험한 상황을 맞은 일도 여러 번이었다.

언제 또 숨을 쉬지 못할까 봐 겁이 나서 일상생활이 힘들 정도였다. 무언가, 방법을 찾아야만 했다.

## 20년짜리 플랜이 시작되었다

처음 이벤트 회사를 시작할 땐 일단 부딪혀보자는 심정뿐이었다. 어차피 내가 가진 건 몸뚱이 하나밖에 없으니 남들보다 더 악착같이 일하자는 마음이었다.

옆에서 지켜보던 남편이 걱정할 정도로 정말 하루하루 미친 듯이 일만 했다. 그 결과 비록 지하지만 사무실을 얻을 수 있었고, 이벤트에 필요한 장비도 하나둘 장만할 수 있었다. 계획한 대로 착착 진행되니 잠을 못 잘 정도로 바빠도 피곤한 줄 몰랐다.

그렇게 지하를 탈출해 지상으로 사무실을 이전했던 날. 그때는 정말 이 세상을 다 가진 것만 같았다. 앞만 보고 달릴 줄만 알았고, 꽃길만 걸을 줄 알았다.

하지만, 예고도 없이 불쑥 찾아온 교통사고.
덕분에 내 인생은 제대로 꼬여버렸다. 일단, 몸부터 일할 상태가 아니었다. 여자는 몸이 아프면 자궁부터 안 좋아진다는 말을 들은 적이 있었는데, 딱 내가 그랬다.

자궁에 세균이 침투해 온몸에 영향을 주었다. 자궁에 문제가 생기니 소변을 봐도 시원하지 않았다. 온몸이 점점 더 아팠다. 근육은 다 빠지고 면역력도 사라졌다. 근육이 없으니 늘 피곤하고 여기저기 아팠다. 무슨 소리를 들으면 숨을 쉴 수 없게 되는 일이 반복됐고, 후유증으로 이석증까지 생겼다. 한 마디로 만신창이가 되었다.

그러나 의학적으로 아픈 곳이 없다는 게 더 문제였다. 매일 피곤하고 아픈데 병원에 가도 딱히 치료할 방법이 없었다. 일은커녕 일상생활이 불가능할 정도였다.


같이 교통사고를 당했던 남편도 완전히 몸을 회복하지 못했지만, 그래도 남자랍시고 나를 돌봐주었다. 시누이들도 번갈아 가며 내 병간호를 해주었다. 입 밖으로 꺼내진 않았지만, 너무 고마웠다. '이게 가족이구나.' 생각하니, 나도 모르게 눈물이 왈칵 쏟아졌다. 하루하루 병간호를 받으며 가족의 고마움을 절감할 뿐이었다. 하지만, 남편도 나도 일을 하지 않고 누워만 있을 처지가 아니었다.

병원에 입원해 의사 선생님과 대화를 하던 어느 날이었다. 차 사고를 낸 사람이 나를 찾아왔다. 너무 원망스러워 그 사람을 빤히 쳐다봤다. 그 사람도 미안했는지 고개를 푹 숙인 채 머리만 긁적였다. 그렇게 얼마나 지났을까, 그 사람이 힘겹게 입을 열었다.

"모든 법적인 책임을 달게 받겠습니다."

말인즉, 자신은 보상해 줄 경제적인 능력이 안 되니 감옥에 가든 뭐든 법적인 처벌을 받겠다는 것이었다. 믿을 수가 없었다. 그러면 폐차를 한 남편의 차는? 우리 병원비는? 일하지 못해서 발생한 피해는?

갑자기 눈앞이 깜깜해지고 숨이 쉬어지지 않았다. 그리고 다시 숨을 쉴 수 없어 정신을 잃고 쓰러졌다. 결국, 아무런 보상도 받을 수 없었다. 그때는 법에 대해 알지도 못했고, 어떻게 대응해야 하는지도 몰랐다. 그냥 모든 걸 우리가 감당해야만 했다.

'아무래도 난 쉴 팔자가 못 되나 보다.'

병원에 누워 있어야 하는 몸이지만, 출근하는 대신 전화로 일 처리를 했다. 내가 직접 행사를 진행할 수는 없었기 때문에 행사가 잡히면 외주로 일을 빼서 조금이라도 차액을 남겼다. 그렇게라도 해야 병원비, 생활비를 벌 수 있었다. 하지만 그렇게 하루하루 버텨내는 것도 한계가 있으니, 더 근본적인 방법을 찾아야만 했다.

그러던 어느 날이었다. 그날도 전화로 일 처리를 하며 간신히 하루를 버텨낸 뒤였다. 난 병간호하는 남편에게 말했다.

"당신 나 믿어?"

남편은 영문을 몰라 큰 눈만 깜빡일 뿐이었다. 난 다시 남편과 시선을 맞추며 한마디 한마디에 힘을 주어 말했다.

"당신 나 믿냐고?"

남편은 대답 대신 내 손을 꼭 잡아주었다. 항상 그랬다. 말보다 행동으로 말했고, 늘 말없이 나를 믿고 응원해주었다. 그런 남편이 고마웠다. 그런 그와 함께라면 뭐든 해낼 수 있을 것만 같았다. 난 그렁그렁한 눈으로 남편의 손을 잡으며 말했다.

"같이 한번 해보자."

그렇게 남편은 직장을 그만두고 내 이벤트 회사에 합류하게 되었다. 인생의 동반자에서 사업의 동반자가 된 것이다. 솔직히 말하자면, 혼자 회사를 운영하는 게 벅차기도 했다. 바닥부터 관리까지 이벤트 관련 일을 다 경험했다고는 하지만 혼자 하는 데는 분명 한계가 있었다. 그러니 가게나 행사를 오픈할 때도 사람들의 이목을 끄는 정도가 대부분이었다. 별로 마음에 들지 않았지만 다른 일을 하고 싶어도 할 수가 없었다.

혼자서는 당장 행사 처리하기도 쉽지 않았기 때문이었다. 나 혼자 북 치고 장구 치고 다 해야 했기에, 사업 영역을 확장하는 데도 한계가 있었다. 하지만, 남편이 합류하면서 다른 일에도 신경 쓸 수 있게 되었다. 어찌 보면 남편의 합류가 신의 한 수가 된 셈이었다.

남편은 이벤트 사업에 대해 잘 몰랐지만, 워낙 꼼꼼하고 성실해서 가르쳐 준 일을 금세 흡수했다. 덕분에 난 미래를 설계할 시간을 벌었다. 모든 걸 혼자 다 해야 하는 1인 기업에서 제대로 체계를 잡은 회사의 모습으로 변모할 기회를 얻게 된 것이었다.

CEO로 내가 내린 결론은 딱 두 가지였다.

· 최소한 5년 앞을 내다보자.
· 다른 사람은 흉내 낼 수 없는 나만의 독보적인 영역을 구축하자.

그건 처음 나레이터 모델을 시작하고 지금까지 오면서 봐왔던 경험으로부터 비롯된 것이었다.

처음 볼 땐 그렇게 대단해 보이던 것도 시간이 지나면 촌스럽게 느껴졌던 게 한두 번이 아니었기 때문이다. 그때마다 난 생각했다. '아, 사람들의 취향은 계속해서 변하고 유행도 자주 바뀌는구나.' 한때 잘 나가던 이벤트 회사들이 소리 소문도 없이 사라진 것도 여러 번 목격했기에 더욱 그랬다.

살아남기 위해서는, 또 성공하기 위해서는, 늘 미래를 내다봐야 한다고 생각했다. '남이 할 수 없는 걸 해내자.' 이것이 내가 생각한 성공의 조건이었다.

먼저 회사의 구조부터 뜯어고쳤다. 다른 이벤트 회사와 차별성을 가지려면 전속 모델이 필요하다고 생각했다. 전속 모델 없이 행사 때마다 사람을 수급하면 펑크 날 염려도 있거니와 퀄리티를 보장할 수 없기 때문이었다.

물론, 전속을 두면 위험률도 있었다. 회사에 전속으로 있어도 문제가 없을 만큼 일이 많아야 했고, 어떤 일에도 대응할 수 있도록 철저한 교육도 해야 했다. 하지만 원칙을 정한 이상 망설이지 않았다.

전속에 대한 리스크 해결책을 찾기 위해서는 자연스럽게 사업 영역의 확장이 필요했다. 단순히 오프닝 행사 수준을 넘어 기업 행사나 강연, 레크리에이션, 워크샵 등으로 영역을 넓히는 게 필수라고 생각했다.

말이 쉽지 결코 만만한 일이 아니었다. 나조차도 그쪽 경험이 없었지만, 그렇다고 남편에게 기댈 수는 없는 노릇이었다. 그러니까 모든 일은 나 혼자 개척해야 했다.

영역 확장을 위한 영업도 내 몫이었고, 영역 확장에 따른
전속 모델 교육도 내 몫이었다. 하지만, 두렵지 않았다. '까짓
거 못 할 게 어딨나.' 거침없이 도전하는 삶. 그게 내가 살아온
방식이었기 때문이다.

난 두 주먹을 불끈 쥐고 다짐했다.

5년 앞을 내다보고, 다시 5년 앞을 내다보고. 그렇게 멀리
보고 내 길을 가겠다. 20년 뒤 최고의 위치에 서 있겠다. 그렇
게 20년짜리 내 인생 플랜이 시작되었다.

미래를 대비하는 삶 ─────────────────────

　남편이 회사에 합류하면서 회사의 체계를 갖출 수 있게 되었지만, 무엇보다 좋았던 건 생각할 시간을 가질 수 있다는 점이었다. 허덕거리며 일 처리를 하는 시간에 미래를 생각하고 어떻게 하면 나와 회사를 발전시킬 수 있을지 고민할 수 있게 된 것이다.

　앞에서도 거론한 대로 회사의 비전을 만드는 다음 두 가지 목표를 세웠다.

· 최소한 5년 앞을 내다보자.
· 다른 사람은 흉내 낼 수 없는 나만의 독보적인 영역을 구축하자.

　그러나 우선 눈앞의 불부터 꺼야 했다. 리더십 강의, 웃음 치료, 행사 진행, 레크리에이션 같은 일들. 솔직히 나도 해본 적이 없었다. 당연히 직원들에게 가르칠 수도 없었다.

　'어, 이건 아닌 거 같은데.'

뭔가 이상한 느낌이 들었다.

처음 나레이터 모델이 된 건, 마치 마법에 걸린 것처럼 그 모습에 매료되어서인데. 이 일이 너무 하고 싶어서였는데. 어느 순간부터 그 모습이 사라지고 사업가로의 모습만 남아 있었다.

너무 앞만 보고 달려서인지, 아니면 교통사고로 생긴 공백을 메우기 위해서인지 처음 시작했을 때의 내 열정을 잃어버리고 만 것이었다. 결국, 내가 찾아야 할 건 하나였다.

초심! 난 초심으로 돌아가기로 마음먹었다.

자신부터 개발하고 발전시켜 경쟁력을 갖자고 마음먹었다. 그래야 어떤 상황이 닥쳐와도 극복할 수 있고 회사도 경쟁력을 가질 수 있다고 생각했다.

첫 번째 목표는 MC로 능숙해지는 것이었다.

모든 일의 기초가 되는 게 MC이고, 그게 돼야 다른 영역으로 확장할 수 있다고 판단했기 때문이다. 이전까지 전속 모델들이 마이크를 잡을 수 있도록 훈련을 시켜봤지만, 나 스스로 전문 MC로 마이크를 잡아본 적은 없었다. 학원에 다녀본 적도 없었고, 누군가에게 배워본 적도 없었다. 하지만 해야 했고, 방법을 찾아야 했다.

그때 구세주처럼 나타난 사람이 '김제동'이었다.

당시 김제동은 전국구 방송 스타로 이름을 알리고 있었지만, 사실 그는 대구 출신의 행사 전문 MC였고, 행사 MC계에서 신적인 존재로 통하는 인물이었다.

'김제동을 벤치마킹하자.'

난 인터넷을 뒤져 김제동 영상을 모조리 찾아봤다. 특히 두 시간 정도 되는 아이스브레이킹(사전에 분위기를 띄어주는) 영상을 찾아 집중적으로 분석했다. 김제동이 했던 멘트를 일일이 적어가며 연습했다.

길을 걸을 때도, 운전할 때도, 샤워할 때도, 잠이 들 때도, 심지어 꿈속에서도 연습했다. 몇 날 며칠이고 잠도 자지 않고 자연스럽게 될 때까지 토씨 하나 빼지 않고 멘트를 다 외웠다.

'이런 행사에선 이렇게 진행을 하면 되겠구나.'

가상의 행사를 머릿속으로 그려가며, 마치 MC가 된 것처럼 멘트를 연습하기도 했다. 이런 사람들이 있으면 이렇게 말하고. 이런 상황에선 이렇게 대처하고. 머릿속에 행사의 장면을 떠올리면 멘트가 절로 튀어나올 정도였다.

그러던 어느 날 드디어 기회가 찾아왔다. 이전 거래처에서 MC 진행이 가능한지 섭외가 들어온 것이다. 약간 걱정이 됐지만, 망설이지 않고 섭외에 응했다. 이미 수십 번도 넘게 시뮬레이션을 해본 터라 어느 정도 자신도 있었다. 결국, 처음 나간 MC 일을 박수까지 받으며 성황리에 마칠 수 있었다.

'아, 이거였구나.'

한 번 물꼬를 트니 자신감이 더해졌다. 거기에 만족하지 않고, 시간이 날 때마다 다른 행사장을 찾아다녔다. 녹음기를 들고 행사가 있는 호텔을 찾아 MC들이 하는 멘트를 다 녹음했다. 그중에서 쓸 만한 걸 찾아내 행사에 응용하기도 했다. 아무것도 몰라 처음에는 모방으로 시작했지만, 노력하고 또 노력해 결국 내 것으로 만들 수 있었다. 반응이 좋은 건 당연한 일이었다.

당시, 잘 나가던 강사들은 행사 한 번에 200에서 300만 원 정도의 금액을 받았다. 난 경력은 짧지만, 그 정도 레벨에 속하기 위해 노력했다. 일부러 작은 행사장은 가지도 않고 큰 행사

나 학교만 찾아다녔다. 그랬더니 정말 그 정도 레벨이 되었다.

뒤처지지 않기 위해 사람들이 어떤 걸 좋아하는지, 트렌드는 어떻게 변하는지 끊임없이 관찰하고 끊임없이 생각했다. 체계적으로 배워본 적은 없었지만, 그래서 더 노력했다. 방법이 떠오르지 않으면 방법이 떠오를 때까지 생각했다. 잘 모르는 게 있으면 알 때까지 찾았다. 그랬더니 결과도 자연스럽게 따라왔다.

이후에는 한 번도 경험해보지 못한 새로운 영역을 만나도 두렵지 않게 되었다. '어차피 못할 일은 없다. 단지 해보지 않았을 뿐. 끝까지 노력하지 않았을 뿐'이라 생각했다.


맨 처음 MC로 나갔던 건 체육행사였지만 굳이 영역을 한정 짓지는 않았다.

비로소 나는 치어리더, 이미지 메이킹, 웃음 치료 강의, 리더십 강의로 영역을 점점 확장해 나갔으며, 그중에서도 강연 요청이 제일 많았다. 나의 다양한 경험을 높게 사준 모양이었다. 반응도 뜨거웠다.

"확실히 손미미의 강연은 다르다."

자랑 같아서 내 입으로 말하는 게 조금은 부끄럽지만, 내 강연을 들은 사람들의 평가가 실제로 그랬다. 현장에서 몸소 체득한 노하우에 노력이 더해진 결과였다.

같은 지식을 전달하더라도, 직접 경험을 한 사람과 경험하지 않은 사람이 전달하는 것이 같을 수는 없다. 내 강의는 지식에 경험이 더해진 것이어서 다른 사람들보다 쉽고, 더 마음에 와닿을 수밖에 없었다. 자연스럽게 강연자로서 내 인지도도 올라갔다. 인지도가 올라가자 회사의 매출도 따라서 올라왔다.

모든 게 한시도 서 있는 자리에서 만족하지 않은 결과였고, 늘 앞을 내다보고 생각하고 노력한 결과였다. 그렇게 부산을 대표하는 이벤트 회사의 대표이자, 최고의 진행자 겸 강연자가 되었다.

난 평소에 책을 많이 읽는 편이 아니다. 내가 배울 수 있는 건 세상이지 책 속이 아니라고 생각했기 때문이었다.

어차피 남들보다 많이 배우지도 못한 내가 남들보다 나은 건 지식이 아니라 지혜라고 생각했다. 그건 연일 상한가를 기록하는 진행자이자 부산에서 제일 잘 나가는 이벤트 회사 대표일 때도 마찬가지였다.

어느 날 한 전문대학에서 강연 의뢰가 들어와 관계자들과 식사를 할 일이 있었다. 강연 주제를 얘기하다 그쪽 관계자가 당연하다는 듯 물었다.

"혹시 대학에서 무슨 전공을 하셨습니까?"
"저, 고졸인데요."

여기저기 강연을 많이 하다 보니 당연히 대학을 나왔을 거로 생각한 모양이었다. 대학 관계자는 깜짝 놀라며 되물었다.

"그런데 어떻게 대학 강연을 하시려고 합니까?"

뒤통수를 얻어맞은 느낌이었다.

난 강연을 나가면서 한 번도 대학을 나왔다고 말한 적이 없었다. 다양한 곳에서 다양한 사람들을 대상으로 강연을 하니 그냥 그들이 당연히 대학을 나왔을 것으로 생각한 거였다.

'그냥 대학교수한테 강의를 받으면 되지 왜 나를 불렀습니까?' 하고 싶은 말이 목구멍까지 차올랐지만, 그냥 꾹 참고 있었다. 그곳에도 규칙이 있을 것이고, 그 사람도 규칙에 따라야 하는 사람일 뿐이라는 생각 때문이었다.

결국, 강연은 취소되었고 난 심각한 고민에 빠졌다. 세상이 가지고 있는 선입견과 현실적인 장벽. 이것을 극복하지 않고서는 나도, 회사도 크게 나아갈 수 없다는 위기의식이 생겼다.

'내가 강연에서 말하는 건 책에 있는 지식이 아니라, 세상 경험에서 얻은 지혜인데.' 그걸 알아주지 않는 세상이 야속했지만 어쩔 수 없는 일이었다. 당장 세상의 편견을 극복하고, 일일이 설득하지 않는 한 현실적인 벽을 넘을 수 없었다.

'그래, 때론 타협할 줄도 알아야지.'

그래서 부산디지털대학교 상담심리학과에 입학했다. '정말 중요한 건 지식이 아니라 지혜라고….' 대학만 졸업하면 오히려 더 당당하게 말할 수 있을 것 같았다. 그러기 위해서, 내가 하고 싶은 말을 당당하게 하기 위해서라도 반드시 대학 졸업장이 필요하다고 생각했다. 그때 나이 서른일곱, 그렇게 늦깎이 대학생이 되었다.

그런데, 우스운 일이 있었다. 공부를 소홀히 한 건 아니었지만, 대학생이 되어도 사업가 기질은 어디 가지 않는 모양이었다. 학교 다니는 내내 체육대회나 각종 모임과 행사에서 MC를 도맡아 한 것이다. 그뿐만 아니라 이전의 강의 경험을 살려 승무원학원과 평생교육원 같은 곳에서 이미지 메이킹 같은 강의도 병행했다. 적어도 등록금 정도는 뽑은 셈이었다.

하지만, 보통 대학생의 알바라면 모를까, 하면 할수록 직업으로 하기에는 뭔가 맞지 않은 느낌이 들었다. 그건 매우 현실적인 판단이기도 했지만, 본능적인 직감이기도 했다.

당시 단독으로 강의를 하면 10만 원 정도의 강의료를 받을 수 있었다. 보수도 적었지만 돈보다는 그곳에서 하는 강의방식이 내게 맞지 않았다. 앞에서도 말했듯이 나는 지식이 많은 사람이 아니라 경험을 통해 얻는 지혜가 많은 사람이기 때문이었다.

내가 그들에게 말하고 싶은 건 지식이 없어도 충분히 잘 먹고 잘살 수 있다는 것이었다. 세상에 공부를 잘해서 잘 사는 사람도 있지만, 배운 게 없어도 열심히 노력해서 조금은 느리더라도 잘살 수 있는 사람이 있다는 걸 말하고 싶었다.

내 삶이 실제로 그랬다. 일찍이 가난했고 많이 배우지도 못했다. 나를 끌어주는 사람도 없었고, 내게 가르침을 주는 사람도 없었다. 오로지 나 자신만 믿으며 스스로 살아왔다. 그렇게, 뚜벅뚜벅 걸어와 부족할지언정 이 자리에 선 것이다. 그리고 지금 서 있는 자리가 높은 곳이라고 생각한 적은 단 한 번도 없었다.

내가 서 있는 이곳 역시 길고 긴 여정의 하나일 뿐이고, 내가 가야 할 길은 아직 멀고도 멀다고 생각했다. 내 꿈은 여전히 진행 중이고, 난 지금도 꿈을 위해 노력하고 있기 때문이다.

'대학원에 진학할 것이냐 말 것이냐.'

대학 공부를 마칠 때쯤 난 다시 한번 선택의 기로에 놓였다. 좀 더 많은 사람에게 다가가 말을 하려면 좀 더 좋은 학벌과 인맥이 필요한 게 사실이었다. 대학원은 분명 그 역할을 해줄 수 있을 것 같았다.

앞으로도 강의를 계속하면서 살고 싶었다. 다른 사람들에게 다가가 내가 살아온 이야기를 들려주고 싶었다. 살아오면서 겪었던 일들, 현장에서 체득한 노하우, 어려움을 극복할 수 있었던 방법, 연구하고 노력해서 깨달은 결과를 다른 사람들에게 나누고 싶었다.

'내가 누군가에게 좋은 영향을 줄 수 있다는 사실.'

난 그게 그렇게 좋았다. 누군가가 내 말을 듣고 조금이라도 나은 판단을 하고 나은 삶을 살 수 있다면 그것만큼 보람된 일이 없었다. 따라서, 더 많은 사람을 만나고, 더 많은 사람에게 내 얘기를 들려줄 기회를 얻기 위해 대학원 진학을 고민했었다.

고민하다 보니, 불현듯 흑역사 하나가 떠올랐다. '내 커리어를 보고 강연을 요청했다가 고졸인 걸 알고 취소했던 전문대학 강의.' 대학원에 진학하면 최소한 그런 일은 없을 거로 생각했다. 가방끈이 짧다고 말할 기회를 박탈당하지는 않을 거로 생각하니 대학원 진학 쪽으로 살짝 마음이 기울었다. 하지만, 또 다른 생각도 있었다.

'대학원에 진학해 시간을 투자하면 그만큼 내 강연도 좋아질까?' 절로 고개가 흔들어졌다. 난 지혜로 강의하는 사람이지, 지식으로 강의하는 사람이 아니었다.

'대학원을 졸업해 석사를 따고, 그다음 박사를 따서 사람들 앞에 나서면 내가 행복할 수 있을까?' 역시 아니었다. 물론, 지금보다 지식이 많아질 수는 있을 거였다. 하지만 그건 내 길이 아니었다. 내가 하고 싶은 말은 책 속에 있는 게 아니다. 책을 많이 읽고 공부를 많이 했다고 해서 내 강연 내용이 더 풍성해질 것 같지는 않았다. 그러니까, 공부는 내게 맞지 않는 옷이었다.

'하나의 지식을 얻으면 내 경험을 더해 열 개의 지식을 만드는 사람이다. 시간이 금이다. 지식 하나를 더 얻을 수 있는 경험을 쌓는 데 시간을 투자하자.'

그렇게 대학원 진학을 포기하고 내 방식대로 하기로 했다.

'무조건 더 많은 사람을 만나고, 더 많이 부딪혀보면서, 더 많은 경험을 쌓자.' 이게 내 방식이었다. 그렇다고 당장 뭐를 해야 할지 구체적인 방법을 정한 건 아니었다. 분명한 건 하나. 더 많은 사람을 만나고 더 경험을 쌓기 위해서 좀 더 건강해져야 한다는 것. 교통사고 이후 나빠진 몸을 제대로 추스른 적도 없기 때문이었다.

'일단 체력을 키우고 건강이라도 회복하자.'

간단하지만 확실한 목표만 세우고 부산 경성대학교 안에 있는 헬스장에 3개월을 등록했다.

'딱 3개월. 일요일을 제외하고 매일같이 운동하자.'

그때까지 해본 운동이라곤 숨쉬기가 전부였다. 하지만 다짐했다. 집안 내력으로 허리도 안 좋지만. 교통사고 이후 시시때때로 찾아오는 호흡곤란 증세 때문에 집에 상비약처럼 산소 호흡기를 두고 있어야 했지만. 후유증으로 생긴 이석증도 여전했지만. 얼마나 버틸 수 있을지 나 자신을 테스트해보자는 심정으로 다짐했다.

딱 3개월 동안 절대 포기하지 않고 운동에만 집중해 보자. 마흔한 살. 내 인생 최초의 운동이 그렇게 시작됐다.

3개월 동안 정말 운동만 했다. 우연히 다리를 다쳐 깁스를 했을 때도 운동을 쉬지 않았다. 무릎이 아파 걷기 힘들 때도 무릎보호대를 하고 헬스장에 갔다. 일요일을 제외하고 하루도 운동을 쉬지 않았다. 거짓말이 아니라, 정말 그때까지 운동을 단 한 번도 해본 적이 없었다.

'덤벨', '스쿼트' 같은 단어도 몰랐다. 그렇다고 개인 트레이 닝을 받은 것도 아니었다. 그저 남들이 하는 거 옆에서 지켜보고 따라 할 뿐이었다.

"이건 어떻게 하는 겁니까?"

하루에 하나씩 옆에서 운동하는 사람에게 운동방법을 물어봤다. 열심히 따라 해 익힌 다음에 또다시 물어보고 익히고, 또다시 다른 운동에 도전하는 식이었다. 교통사고 후유증으로 몸이 약해져 남들보다 더 많이 더 자주 쉬어야 했지만, 그것도 나를 막아서진 못했다. 방법은 간단했다. 자주 쉬는 대신 남들보다 두 배, 세 배 더 많이 운동하면 될 일이었다.

그렇게 하나하나 극복하며 운동을 배워나가다 보니 운동이 재밌어지기 시작했다. 내 몸이 점점 좋아지는 게 느껴지니 더욱 그랬다. 그랬더니 이번엔 슬슬 욕심이 나기 시작했다.

'다른 사람은 어떻게 운동하지?' 김제동 영상을 찾아보며 MC 공부를 했던 것처럼, 유튜브에서 운동하는 영상을 찾아보며 공부하듯 운동을 했다.

'이렇게 하면 좀 더 좋아질 수 있겠구나.' 운동이라는 것, 생각보다 복잡했고, 하면 할수록 해야 할 게 더 많아졌다. 그게 또 재미였다. '어떻게 하면 저렇게 몸이 좋아질 수 있을까?' 다른 사람이 운동하는 영상을 보니 부러운 마음도 생겨났다.

그러던 어느 날, 신세계를 발견했다. '머슬 매니아'라는 대회가 있다는 걸 알게 된 것이다. 예전에 미스코리아 선발대회가 있는 것처럼, 남자들한테 미스터코리아 선발대회가 있다는 정도는 알고 있었다. 하지만 여자들도 도전할 수 있는 대회가 있다는 건 그때 처음 알게 되었다. '나도 한번 도전해볼까?' 갑자기 승부욕이 발동했다.

선택의 기로에서 대학원 진학을 포기하고 운동하겠다고 마음먹었을 때, 최대한 경험을 많이 쌓자는 정도였지 구체적으로 뭘 하겠다고 결정한 건 없었다. 선천적으로 몸이 약한 데다가 교통사고 후유증으로 상한 몸을 추리려 딱 3개월 동안만 하려 했던 거지 장기적으로 운동을 할 생각은 없었다.

'최소한 5년 앞을 내다보자.' '다른 사람은 흉내 낼 수 없는 나만의 독보적인 영역을 구축하자.' 남편과 함께 본격적으로 이벤트 회사를 키울 때 했던 두 가지 다짐.

장기적으로 봤을 때 이벤트 사업은 점점 설 자리를 잃게 될 거로 생각했다. 오프라인에서 온라인으로 넘어가는 흐름은 사회 전반에 걸친 대세라 거스를 수 없다는 판단이었다. 그러니 뭔가 새로운 먹거리를 찾아야 하는 상황이었다. 게다가 내가 만약 운동을 해서 나만의 영역을 구축할 수만 있다면, 이 두 가지 다짐을 모두 실현할 수 있을 것 같았다.

결국, 내가 하고 싶고, 또 해야 할 일은 많은 사람에게 내 얘기를 들려주는 것이다. 그러려면 남들이 가지지 못한 나만의 경험이 필요했다. 그걸로 운동만 한 것이 없어 보였다. 건강을 위해 한 번 해보자 시작했던 운동. 그렇게 나에게 새로운 목표가 되었다.

목표를 정했으니, 망설일 건 없었다. 난 곧바로 보디빌더 선생님을 찾아 체계적으로 운동을 시작했다. 그리고 구체적인 목표도 세웠다.

'세계대회에 나가자!'

내 나이 마흔하나. 남들은 하던 운동도 그만두고 은퇴할 나이였다. 그런데 그게 뭐 어때서? 나이, 그까짓 거 나한텐 숫자에 불과했다.

세계대회 참가라는 확실한 목표가 생기니 일상부터 바뀌어야 했다. 하지만 엄마의 역할도, 회사 대표의 역할도 등한시할 수 없었다. 그래서 시간을 쪼개서 살 수밖에 없었다.

운동을 시작하면서 매일 아침 6시에 일어났다. 아이들 학교 보내고 집 정리를 한 뒤 9시에 PT를 받으러 갔다. 한 번 가서 4시간 동안 쉬지 않고 운동을 했다. 중간에 회사 일을 처리하고 다시 6시가 되면 운동하러 가서 9시까지 운동했다. 그러니까 하루 8시간 동안 운동한 셈이었는데, 트레이너들이 제발 집에 가라고 할 정도였다. 명절이라 헬스클럽을 쉴 때도 아파트 헬스장에서 계속 운동했다.

그렇게 쉬지 않고 운동한 덕분이었을까? 몇 개의 국내대회에 출전해 세계대회 출전 자격을 얻게 되었고, 운동을 시작한 후 9개월 만에 나간 세계대회에서 1등을 할 수 있었다. 또 그다음, 또 그다음 출전한 대회에서도 1등이었다. 연속으로 1등을 하니 자신감도 생겼다. 거의 매주 전국을 돌며 대회에 참가했다.

첫해에 참가한 대회만 모두 18번이었다. 그다음 해에도, 또 그다음 해에도 대회 출전을 이어갔다. 한 해 한 해 횟수를 더하다 보니 총 6년간 대회에 출전하게 되었다. 대회에 나가서 안 받아 본 상이 없을 정도였다. 한 마디로 어디가 끝인지 보려는 듯 달려온 시간이었다.

그런 나를 보고 누군가 말했다. 한 번 받았으면 됐지, 왜 이렇게 자주 출전하냐고.

빨리 이루고 싶었다. 운동을 하는 7년 내내, 대회에 나갔던 6년 내내 머릿속을 지배하던 생각이었다. 나이를 대수롭지 않게 생각했다고는 하지만, 진짜 대수롭지 않을 수는 없었다.

20대 젊은 사람들이 덤벨을 10번 들 때 나는 100번 들어야 했다. 남들이 스쿼트를 100개 하면 나는 1000개를 해야만 됐다. 정말 무식하다는 소리를 들을 정도로 열심히 했다. 나중에 현명하게 운동을 하면 몸이 더 잘 나온다는 걸 알게 됐지만, 처음엔 그런 생각도 없었다. 내가 남들보다 잘하는 건 성실한 거

하나라는 생각뿐이었다.


　내 인생이 그랬다.

　난 잘하는 사람이 아니라, 잘하고 싶은 사람이었다. 그저 잘하기 위해 노력하는 사람이었다. 지난 인생을 돌이켜 봐도 그냥 이룬 건 하나도 없었다. 모두 남들보다 노력한 결과였다. 사고를 당해 병원에 입원해 있을 때도 휴대폰을 놓지 못했고, 아이를 낳는 날도 지방 행사를 하고 와서 아이를 낳았다. 수술실에서 나오자마자 남편이 내 귀에 휴대폰을 대줄 정도였다. 어떤 사람은 내가 이뤄 놓은 성과만 보고 그냥 대단한 사람이라 말할지 모르지만, 천만의 말씀이다.

　내 인생이 원래 그랬다.

　남들보다 다섯 배, 열 배 노력하며 살아왔다. 워낙 가진 게 없이 태어났고 제대로 배울 기회도 없어서 그렇게 노력해야 남들의 중간은 간다고 생각했다. 그건 결핍이었다. 남들보다 부족하니, 무엇을 해도 남들보다 5배, 10배는 노력해야 간신히 남들처럼 살아갈 수 있는 것. 운동도 마흔한 살에 시작했으니까 100배로 더 노력해야 한다고 생각한 건 너무나 당연했다.

하지만 운동보다 더 힘든 게 있었으니 바로 식단이었다. 대회를 준비하려면 정해진 식단에 따라 먹어야 한다. 하루에 단백질 몇 그램, 수분 얼마 이런 식인데 사람이 먹을 수 있는 수준이 아니었다. 하루하루 대회 식단에 따라 먹는다는 건 사실 고문에 가깝다. 그런 고문을 매일 매일 당해야만 했다.

대회에 나간다는 건, 단순히 예쁜 몸이 되는 걸 의미하는 게 아니기 때문이다. 거의 근육 위에 가죽만 붙어 있는 정도랄까. 따라서 대회에 나갈 수 있는 몸이 나올 때까지 그런 식단을 계속 유지해야 한다. 6년 동안 시즌이 아닌 적이 없었기에, 거의 6년 내내 그런 식단을 유지해야만 했다. 휴우~

지금 생각해도 끔찍할 지경이다. 그나마 먹을 수 있는 날이 있다면 대회가 끝난 직후뿐이었다. 대회를 마치고 집으로 가는 동안 마트에서 과자, 아이스크림 같이 평소에 먹고 싶은 걸 잔뜩 사서 먹었다. 운이 좋아 대회가 일찍 끝나는 날이면 족발이나 먹고 싶었던 걸 집에 시켜 놓고 새벽 한 시가 됐든 두 시가 됐든 집에 와서 먹곤 했다. 그게 선수 생활을 하는 6년 동안 유일한 낙이었다.

하지만 그나마도 대회 스케줄에 여유가 있을 때 가능한 일이다. 혹시라도 그다음 주에 대회가 있으면 끝난 당일에도 선수 식단을 먹어야만 했다.

"거기 나가면 얼마나 주니? 일억? 천만 원?"

그런 고통을 감내하면서도 마치 대회 출전에 중독된 사람처럼 연달아 대회에 참가하는 걸 보고 누군가 내게 말했다. 성공을 위해 악착같이 살아왔던 내 모습을 봐왔기 때문일 거다.

대회에 나가 수상을 해도 금전적인 보상이 따르는 건 아니었다. 간혹 상금을 주는 경우도 있지만, 매우 드물었고, 대개 실질적으로 받는 건 트로피가 다였다.

반면 운동해본 사람이 아니면 절대 느낄 수 없는 보상이 있었다. 그건 해냈다는 성취감이다. 죽을 고비를 넘기고 에베레스트 정상에 올랐을 때의 기분이 그럴까? 자기와의 싸움에서 이기고 원하는 걸 성취했을 때 얻는 희열은 그 무엇과도 비교할 수 없었다. 상을 못 받을 때도 마찬가지였다. 도전했다는 자체에서 오는 성취감이 있었다. 그런 성취감은 아무나 경험할 수 있는 게 아니다. 오직 자신과의 싸움을 이겨낸 사람만이 가질 수 있는 전리품이다.

대학원에서 석사학위를 따고 박사학위를 따도 절대 가질 수 없는, 오직 경험한 자만이 가질 수 있는 인생 스토리인 것이다.

마흔한 살의 나이에 늦깎이로 도전한 운동. 보란 듯이 해냈다.

운동을 시작한 지 9개월 만에 대회에 출전하기 시작해서 6년 동안 국내외를 가리지 않고 출전했다. 첫해에 출전한 대회 수만 18개였으니, 말 그대로 대회를 위해 살았다 해도 과언이 아니었다. 결과도 뒤따랐다.

2016년 WFF 월드 챔피언십 여성 스포츠 모델 1위 프로권 획득, 2017년 KI SPORT FESTIVAL 여성 스포츠 모델 1위 그랑프리 등이 대표적인 성과였다. 그러니까, 명실공히 최고의 피트니스 비키니 월드 프로선수가 된 것이다.

자연스럽게 세간의 관심도 뒤따랐다. 여기저기 방송 출연 요청도 많았고 언론도 내 일거수일투족을 보도할 정도로 관심을 가졌다. 그동안 들인 노력을 사람들이 인정해 주는 것 같아 가슴 한켠이 뿌듯했고, 스스로 대견하게 느껴질 정도로 성취감도 있었다. 모두가 감사할 뿐이었다.

하지만 그것과는 별개로 현실적인 문제는 여전히 남아 있었다. 사람이 감사한 마음과 성취감만 먹고 살 수는 없기 때문이다. 운동하며 대회에 출전하는 동안에도 이벤트 회사를 운영하고 있었지만, 이벤트 사업 전체가 하향세였기 때문에 뭔가 다른 방안을 마련해야 했다. 그 와중에 운동하면서 알게 된 분이 솔깃한 제안을 해왔다.

"손 프로님 위상에 맞는 사업 하나 하셔야죠."

그분의 말을 간략히 요약하면 이랬다. 내 이름을 내건 피트니스 센터를 차리면 그걸 잘 발전시켜서 프랜차이즈 사업으로 키워준다는 것이었다. 일단 나쁘지 않아 보였다.

대회에 나가 여러 차례 수상하면서 업계에서 내 인지도도 많이 올라간 상황이었고, 피트니스 인구도 점점 많아지는 추세라 시장성도 괜찮아 보였다. 곧바로 남편에게 상의했다.

남편은 그때 이벤트 사업을 거의 도맡아서 하며 틈틈이 내가 대회에 나가는 걸 도와주고 있었다. 때문에 이벤트 사업 시장이 점점 죽어가고 있다는 것도 알고 있었고, 피트니스 시장이 괜찮을 거라는 점도 어느 정도 알고 있었다.

내 얘기를 들은 남편도 그분의 제안을 긍정적으로 평가했다. '까짓거 한번 해보지 뭐.' 쇠뿔도 단김에 빼랬다고, 난 곧바로 피트니스 센터 사업 준비에 착수했다.


그분은 내게 사업 제안을 하면서 몇 가지 조건을 내걸었다. 일단 센터의 크기가 최소 100평 이상이 되어야 하고, 설비와 인테리어도 최신식이어야 한다고 했다. 게다가 몇 명 이상의 트레이너가 상주해야 하며 그들이 묵을 숙소도 있어야 한다고 했다.

당시 내가 사는 곳은 광안리였는데 근처에는 마땅한 장소를 구할 수가 없었다. 그래서 찾은 곳이 부산 북구의 화명동이었다. 150평 규모에 최신 시설과 인테리어를 갖추고 트레이너들이 묵을 숙소도 마련했다. 초기 투자비용만 3억이 들었고 월세도 7백만 원이나 됐다. 일반적인 센터를 여는데 5천만 원 정도가 들어가니 여섯 배 정도 더 든 셈이었다.

약간 무리한 게 아닌가 생각도 들었지만, 보통의 피트니스 센터가 아니라 프랜차이즈 사업을 할 거라 그 정도는 투자해야 한다고 생각했다.

2019년. 드디어 내 이름을 건 피트니스 센터 '미미 머슬'이 탄생했다. 그때 난 광안리에 살고 있었는데 화명동까지 출근하는 데만 1시간 30분이 걸렸다.

'내가 좀 더 부지런히 살면 되지.'

오가는데 버리는 시간이 아까웠지만, 부지런히 움직이면 그만이라 생각했다.

화명동에 '미미 머슬'을 오픈하고 하루하루 바쁘게 살아가던 어느 날 아침이었다. 그날은 마침 늦게 나가도 되는 날이어서 딸의 아침 식사를 챙겨주고 있었다. 그런데 이상하게도 아이가 밥을 먹지 못했다.

"엄마, 밥이 안 삼켜져."

이상해서 물었더니 딸이 한 말이었다. 처음에는 그 말을 잘 이해하지 못했다. 아침에 일찍 나와야 해서 딸이 식사하는 걸 보지는 못했지만 늘 아침 식사를 차려주고 나왔는데, 한 번도 남긴 적이 없었기 때문이었다. 그런데 밥이 안 삼켜진다니. 이해할 수 없었다.

난 아이를 잡고 따져 물었다. 그랬더니 아이는 꽤 오래전부터 밥을 못 삼켰는데 내가 걱정할까 봐 말을 하지 않았다고 했다.

'아니, 이 어린 것이.'

울컥, 눈물이 났다. 정신없이 딸의 방으로 가서 침대 밑을 뒤져보았다. 책상 밑 커다란 검은 봉투 안에 그동안 삼키지 못하고 뱉은 음식물이 한 가득이었다. 얼마나 오래됐는지 구더기가 기어 다닐 정도였다. 깜짝 놀라 딸을 병원에 데리고 갔다.

의사는 애정결핍에 따른 스트레스라고 했다.

'아, 내가 잘못 살고 있구나.'

그러고 보니 딸에 대해 너무 무관심했었다. 시도 때도 없이 대회에 나가느라 국내외로 출장이 잦았는데, 피트니스 센터까지 챙기느라 딸을 돌볼 시간이 없었다. 딸도 내가 얼마나 힘들고 바쁘게 사는지 알기에 말도 못 하고 혼자 끙끙 앓았다.

초등학교 5학년밖에 안 된 녀석인데…. 혼자 참고 견디다 스트레스가 너무 심해서 거식증에 걸린 거였고, 원형탈모까지 온 상황이었다. 아이는 그동안 음식이 삼켜지지 않아 밥을 뱉었는데, 제 딴에는 살려고 사탕을 먹으며 버텼다고 했다.

찬찬히 뜯어보니 얼굴도 핼쑥하고 몸도 삐쩍 말라 있었다. 이건 아니다 싶었다. 아들 녀석도 별반 다르지 않았다. 막 중학교에 올라가 한창 공부에 신경 쓸 나인데, 엄마가 신경 쓰지 않자 공부는 뒷전이었고 매일같이 PC방만 전전했다.

돈도 중요하고 성공도 중요하지만 내 아이보다 중요할 순 없었다. 난 아이가 먹을 죽을 써주며 마음속으로 울고 또 울었다. '미안하다, 엄마가 너무 미안해.' 그리고 다짐했다.

'엄마가 더 잘 할게!'

유체이탈 ———————————————————————————

    내 인생을 돌아보면 여러 차례 선택의 순간이 있었다. 출근길에 우연히 나레이터 모델을 봤을 때가 그랬고, 대학원에 진학할까 운동을 시작할까 고민할 때도 그랬다. 운동하다가 대회에 나가보자 마음먹었을 때도, 미미 머슬 피트니스 센터를 낼 때도 마찬가지였다.

    그럴 때마다 선택의 순간에 망설이지 않고 도전을 선택했다. '까짓거 세상에 못할 일이 뭐 있어.' 여건이 좋아서가 아니었다. 언제나 힘든 상황이었고, 여건도 여유로운 적은 없었다. 하지만 난 도전을 선택했고, 어떻게 해서든지 이뤄냈다. 당연히 쉽게 이룬 건 아니었다. 남들보다 더 고민하고, 더 노력했을 뿐이었다. 하지만, 이번엔 달랐다.

    피트니스 센터를 오픈한 이후에도 선수 생활을 계속 이어가며 대회에 출전했다. 미미 머슬이라는 브랜드가 안정되기 위해서 선수 생활을 유지하는 게 필요했기 때문이었다. 그건 맞는 말이었다. 전 세계 챔피언과 현역 세계 챔피언은 하늘과 땅 차이니까.

집에서 센터까지 출퇴근하는 시간만 매일 3시간. 회원들 관리하고 틈틈이 대회 준비까지 하려니 당연히 아이를 돌볼 시간이 없었다. 그래도 밥을 차려놓으면 아이들이 알아서 먹을 거로 생각했다. 하지만 착각이었다.

딸은 이제 겨우 초등학교 5학년이었다. 여전히 엄마의 사랑과 돌봄이 필요한 나이였다. 물론, 나 역시 엄마의 돌봄을 받지 못하며 자랐지만 내가 그랬으니 너도 참고 견디라고 말할 수는 없는 노릇이었다. 아니 오히려 내가 엄마의 사랑을 받지 못하고 자랐으니 더 그럴 수 없었다. 모르고 지냈으면 모를까 알게 된 이상 딸을 더는 방치할 수 없었다. 앞만 보고 달려온 인생이지만, 나도 어쩔 수 없는 엄마였다.

아이의 상태를 전해 듣자 남편도 심각했다. 하지만 선뜻 결정을 내리지 못했다. 이벤트 회사도 바닥부터 내가 다져 이룬 회사였고, 피트니스 센터도 내 경력으로 차렸기 때문이었다. 피트니스 센터를 차리는 데 들인 비용이 만만치 않아 더욱 그랬다.

선택은 내가 할 수밖에 없었다. 바닥부터 다져가며 이벤트 사업체를 일으켜 세웠던 일들이 눈앞에 스쳐 갔다. 먹을 거, 마실 거 참아가며 이를 악물고 운동을 했던 날들이 머릿속을 스쳐 지나갔다.

뭐 하나 포기할 수 없지만. 선택해야만 했다. 결국, 이벤트 사업을 포기하고 남편이 피트니스 센터를 전적으로 운영하기로 했다. 더불어 나는 아이 돌보는 걸 최우선으로 하고 틈틈이 피트니스 센터의 운영을 돕는 정도로 역할을 정리했다. 모두 소중하지만, 엄마가 우선이기 때문에 어쩔 수 없는 선택이었다. 하지만, 사업적으로는 최악의 선택이 되었다.

손미미 없는 미미 머슬은 한 마디로 앙꼬 없는 찐빵이었다. 아무리 전문 트레이너들이 있고, 시스템이 잘 갖춰져 있다고 해도 회원의 대부분이 나를 보러 온 사람들이었다.

그런 상황에서 내가 없다는 건 사실 있을 수 없는 일이었다. 내가 관리에 소홀하자 하나둘 회원들이 빠져나가기 시작했다. 얼마 지나지 않아 피트니스 센터는 심각한 경영 위기를 맞았다. 프랜차이즈 사업을 염두에 두고 시작한 거라 운영비가 많이 든 것도 한몫했다. 안타까운 일이지만 어쩌면 당연한 결과였다.

센터를 오픈한 지 1년이 조금 넘은 시점. 결국, 화명동에 있는 피트니스 센터를 폐업하게 되었다. 사업적으로 더는 운영하는 게 의미가 없다고 판단한 것이다.

그렇다고 아무것도 하지 않을 수는 없었다. 있는 돈 없는 돈 다 끌어모아 집 근처에 60평 규모로 비교적 작은 피트니스 센터를 오픈했다. 엄마로, 사업가로, 두 마리의 토끼를 모두 잡아야 했기 때문에 당시로선 최선의 선택이었다.

처음 제안했던 분이 내걸었던 조건을 충족시킬 수 없어 프랜차이즈 사업은 포기해야만 했지만, 센터 운영 실적 자체만 보면 나쁘지 않았다. 화명동에 있던 피트니스 센터의 계약이 끝나지 않아 월세가 이중으로 나가는 게 너무 힘들었지만, 그것도 시간이 지나면 해결될 일이었다.

'조금만 참고 견디며 더 열심히 해보자.' 마음을 다잡으며 하루하루 최선을 다했다. 집과 가까워서 신경을 더 쓰게 되자 피트니스 센터도 어느 정도 자리를 잡아갔다. 그러던 어느 날, 아무도 예상하지 못한 일이 벌어지고 말았다. 코로나가 찾아온 것이었다.

'실내 체육시설 전면 금지.' '해외 출국 금지.'

당시 미미 머슬 피트니스 센터만의 특색을 유지하기 위해 1년에 몇 차례 해외대회에 출전하고 있었다. 고맙게도 남편도 같이 운동을 하며 대회를 나갔었는데, 갑자기 닥쳐온 코로나에 아무것도 할 수 없게 되었다. 말 그대로, 정말 할 수 있는 게 아무것도 없었다.

피트니스 센터는 텅텅 비었고, 모든 대회가 취소되었다. 그냥 모든 게 허무할 뿐이었다. 이를 악물고 버티고 또 버텨왔던 날들이었는데…. 할 수 있는 일이 아무것도 없다는 사실이 나를 너무 힘들게 했다.

내가 할 수 있는 일이라곤 아무도 없는 피트니스 센터에서 혼자 운동하는 일뿐이었다. 한동안, 아무도 없는 피트니스 센터에 나가 초점도 없는 멍한 눈으로 운동을 하고 집으로 오는 생활을 반복했다.

그러던 어느 날. 그날도 먹먹한 심정으로 운동을 하고 집으로 돌아오는 길이었다. 어디선가 바람 한 점이 내 얼굴을 간지럽혔다. '갑자기 웬 바람이지?' 생각하며 고개를 드는데, 이번엔 눈가에 따뜻한 햇살이 내려앉았다.

문득 올려다본 하늘. 눈에 들어온 섬광 때문인지 잠깐 눈을 찡그렸지만, 난 그 광경이 신기할 정도로 아름다웠다. '원래 햇살이 이토록 따뜻하고 바람이 이렇게 시원했던가.' 이제까지 느껴보지 못한 신선한 경험이었다.

지금까지 난 그런 생각을 해 본 적이 없었다. 날씨가 좋은지, 비가 오는지, 번개가 치는지, 바람이 부는지. 관심조차 없었다. 그러니까 날씨는 나하고는 전혀 상관없는 일이었다.

그런데, 그날. 우연히 올려다본 하늘은 너무 아름다웠다. 따뜻한 햇살과 시원한 바람을 맞으니 너무 기분이 좋았다. 그래서 나도 모르게 함박웃음을 지으며 살랑살랑 흔들리는 나뭇가지를 바라보고 있었다.

'그런데 이게 어떻게 된 일이지?' 갑자기 몸이 가벼워지며

서서히 내 몸이 공중으로 떠오르기 시작했다. 정말 마법 같은 일이었다. 마치 공기 중에 떠다니는 입자가 된 것처럼, 내 몸이 서서히 떠오르더니 바람을 따라 하늘로 솟아오른 것이다.

　깜짝 놀라 주위를 두리번거렸다. 그런데, 내가 있었다. 방금 내가 있던 그 자리에 그 모습 그대로 서 있는 내 모습이 보였다. 분명 바람을 따라 하늘로 올라갔는데, 내 몸은 그대로 지상에 남아 있다니⋯. '혹시, 내가 죽은 건가?' 죽어서 영혼이 육체를 떠나버린 건가. 너무 무서웠다. 이렇게 인생을 마감한다고 생각하니 무서웠다. 그리고, 한편으로는 불쌍했다. 바람을 따라 자유롭게 하늘을 날고 있는 나는 지금 너무 행복한데, 이런 행복도 모르고 서 있는 내가 불쌍했다.

　무엇 때문에 그렇게 살아왔는지⋯. 따뜻한 햇살 한번, 시원한 바람 한번 제대로 느껴보지 못하고 아등바등 살아왔던 내가 너무 불쌍하고 한심하게 느껴져 왈칵 눈물이 쏟아졌다. 한심하고, 불쌍한 내 모습을 보며 하염없이 눈물이 흘렀다.

예전에 죽음을 경험했다는 사람들의 얘기를 몇 번 들은 적이 있다. 꿈에 저승사자가 나를 찾아와서 자신을 데려가려 했다느니, 사고를 당해 정신을 잃었는데 쓰러져 있는 내 모습이 보였다느니, 오래전에 세상을 떠났던 엄마가 찾아와 자신과 같이 가자고 말했다느니 하는 것들이었다.

당사자는 나름 충격적인 경험이었을 거였다. 그래서 그 말을 들었을 때 그냥 맞장구를 쳐주며 넘어갔던 기억이 있다. 하지만 속으로 콧방귀를 꼈다.

'팔자가 좋으니 쓸데없는 생각이 드는 거다.'

실제로 그런 얘기를 들었을 때, 난 게으른 사람들이 할 수 있는 망상 정도로 생각했다. 바쁘게 일하지 않고 만날 누워서 쓸데없는 생각만 하니 그런 망상이 찾아오는 것이라 치부했다. 달리 말하면, 죽음을 경험했다느니 뭐니 하는 망상은 바쁘게 살지 않고 누워서 공상만 하는 사람들의 사치라 생각했다.

'당장 먹고 살기도 바빠 죽겠는데, 약 먹고 죽을 시간도 없는데 그런 생각할 틈이 어딨나.' 그게 솔직한 내 심정이었다. 그런데, 내가 그런 경험을 했다니 도무지 믿기지 않았다.

왜 그랬는지는 모르겠다. 앞만 보고 달려왔던 인생이었는데, 하루아침에 아무것도 할 수 없는 현실이 너무 답답해서였을까? 그 상황이 너무 절망적이고 너무 속상해 죽고 싶은 마음이 들었던 걸까? 알 수 없었다. 하지만, 정말 보았다. 그것도 너무 생생하게.

그저 바람이 너무 시원하다, 햇살이 너무 따뜻하다고 생각했을 뿐이었다. 따뜻한 햇살 아래 흔들리는 나뭇가지를 보며 좋은 날씨라고 생각했을 뿐이었다. 그런데···. 스르륵. 연기가 피어오르듯 내가 내 몸에서 빠져나오는 게 느껴졌다. 잠시 후 바람과 함께 하늘에 둥실 떠 있는 나. 똑똑히 보았다. 바닥에 발붙이고 우두커니 서 있는 내 모습을···.

단지 날씨가 너무 좋다고 느꼈을 뿐인데 믿기지 않는 일이 벌어진 것이다.

솔직히 햇살 좋은 날 커피숍에 앉아 수다를 떠는 여자들을 한심하게 생각했었다. 고등학교 3학년, 졸업을 채 하기도 전에 일을 시작해 이날 이때까지 맘 편히 쉬어 본 적 없는 삶이었기에. 날씨가 좋다고 커피숍에 앉아 수다를 떠는 건 내게 상상할 수 없는 일이었다. 그러니 그런 사람들이 곱게 보일 리 없었다.

교통사고를 당해 입원해 있는 와중에도 휴대폰을 놓지 못하고, 아이를 출산하는 당일까지도 행사를 뛰고 와야 했고, 아이를 낳자마자 다시 휴대폰을 들어야 하는 삶을 살았기에. 커피숍에 앉아 날씨 얘기를 하는 여자들을 도무지 이해하지 못했다.

'날씨? 그게 대체 뭐라고?'

그건 내 인생이랑 상관없는 일이었다.

그런데…. 시원한 바람이 불고, 따스한 햇살이 내리던 어느 날 생각했다. '난 행복하게 살아온 건가?' 유체이탈이 된 채, 나를 바라보며 도대체 무엇을 위해 이렇게 살아왔는지, 지나온 날들이 주마등처럼 스쳤다. 쉬고 싶을 때 쉬지 못하고, 자고 싶을 때 자지 못하고, 먹고 싶을 때 먹지 못했던…. 바보 같은 내 모습이 보였다.

'바람이 이렇게 시원한데, 햇살이 이렇게 따뜻한데, 날씨가 이렇게 좋은데, 세상이 이렇게 아름다운데.' 그것도 모르고 살아온 내가 너무 불쌍했다. 왈칵 눈물이 쏟아졌다. 생각하면 할수록 내가 너무 불쌍해서 눈물이 멈추지 않았다.

그날 밤, 밤바다를 보며 생각했다. 더는 이렇게 살지 말자.

그러면 무엇을 하면 행복할까? 아빠 없이 태어나 안창마을에서 살던 어린 시절. 먹고 싶은 게 참 많았다. 다른 아이들은 밥도 먹고 간식도 먹었지만, 난 굶지 않는 것으로 만족해야 했다.

나이가 들어서도 마찬가지였다. 이제 먹을 걱정을 하지 않아도 됐지만, 운동을 하는 7년 내내 먹고 싶은 걸 제대로 먹을 수 없었다. 그때 내가 할 수 있는 일이라곤 러닝머신 위에서 운동하며 다른 사람들이 먹는 모습을 영상으로 보는 것이었다. 그 모습이 얼마나 부러웠던지.

저 음식을 먹지 못하면 죽어도 눈을 감지 못할 것 같다고 농담처럼 말할 정도였다. 운동할 때 즐겨봤던 먹방을 유튜브에서 찾아봤다. 입안 가득 음식을 먹으며 행복한 미소를 짓는 이들의 모습이 얼마나 행복해 보였는지. 나도 모르게 얼굴에 미소가 지어졌다.

'그래, 그동안 내가 할 수 없었던 것. 그리고 내가 가장 하고 싶은 것을 하자.'

난 먹방 유튜버가 되기로 마음먹었다. 그게 마음만 먹는다고 될 일일까 싶지만. '안 될 건 또 뭐야!'

음식은 내게 가장 큰 결핍이었기 때문에, 행복해지기로 결심한 이상 내게 가장 부족한 것부터 채우기로 마음먹은 것이다.

운동하는 7년 내내 먹방을 봐왔다. 먹을 수 없었기에 먹방을 보며 대리만족해 온 것이다. 덕분에 그 세계가 얼마나 크고 넓은지 잘 알고 있었다. 세상은 넓고 먹을 건 많았다.

일례로 라면만 해도 그렇다. 운동하는 사람에게 라면은 최악의 음식이지만 그래서 내게 더욱 흥미로운 콘텐츠였다. 내가 실제로 먹어본 건 신라면, 너구리 정도가 다였지만, 세상에 라면 종류만 해도 수백 가지였다. 그 많은 종류의 라면을 먹는 영상을 보며 상상 속에서 함께 라면을 먹어왔다.

라면 먹는 유튜버의 표정과 말, 행동을 보며 상상의 나래를 펼쳐왔다. '이건 도대체 어떤 맛일까?' 직접 그것을 먹을 수 없지만, 마음속으로 그와 소통하며 대리만족했던 것이다.

먹방이 너무 궁금했고, 해보고 싶었다. '그런데 어떤 음식으로 하지?' 세상에 음식은 라면이 다가 아니었고 라면 먹방만 본 것도 아니었다. 하지만 무턱대고 아무 음식이나 할 수는 없었다.

일단 뷔페식당만 가도 음식이 도대체 몇 가지인지. 셀 수조차 없이 많았다. 뭔가 선택을 해야 했기에 일단 내가 좋아하는 음식이 무엇인지부터 따져봤다.

가장 좋아하는 돼지고기, 운동하는 내내 그렇게 먹고 싶었던 아이스크림, 부산 토박이답게 회와 해산물…. 그러고 보니 한도 끝도 없었다. 며칠 동안 먹방이란 먹방을 찾아보며 어떻게 해야 할지 고민했다. 그러다 보니 뭔가 나만의 특별한 콘텐츠를 해보고 싶었다.

무얼 먹을지가 중요한 게 아니었다.

'그래, 손미미 스타일.'

강연할 때 다른 사람은 흉내 낼 수 없는 나만의 스타일이 있었다. 그건 정보에 내 경험을 더하는 것이었다. 다른 사람은 절대 가질 수 없는 나만의 경험을 더했기에 내 강연을 듣는 사람이 더 생생하게 느낄 수 있었다. 먹방도 내 스타일로 해보고 싶었다.

나라는 사람은, 하나의 지식을 얻으면 그 지식을 잘 가공해서 전달하는 사람이 아니라, 내 경험을 더해 열 배로 풀어 전달하며 소통하는 사람. 그리고 한 번 전달하고 마는 것이 아니라, 계속 피드백을 주고받으며 소통하는 사람이었다.

결국, 먹방도 마찬가지라 생각했다. 먹방에 나만의 경험을 더하는 것. 비록 직접 만나는 것은 아니지만 강연처럼 사람과 사람이 소통하는 것이기에 나만의 경험을 살려 내 스타일을 보여주고 싶었다. 그래서 선택한 것이 먹방과 운동의 결합이었다.

운동하면서 먹을 수 없는 설움을 먹방을 통해 대리만족해 왔기 때문에 얻은 결론이었다. '먹고 싶은 걸 먹으면서 예쁜 몸을 유지할 수 있다면?' 물론, 피트니스 대회를 준비하는 사람에게는 불가능한 일이지만, 단순히 날씬하고 예쁜 몸매를 유지하고 싶은 보통 사람에게는 충분히 가능할 것 같았다.

내 먹방을 보는 사람들한테 맛이 어떠느니, 가격 대비 성능이 어떠느니 하는 단순한 정보를 주는 것보다, 맛있게 먹고도 예쁜 몸매를 유지할 수 있는 방법을 가르쳐주면 충분히 특색 있는 콘텐츠가 될 수 있겠다 생각했다.

방법은 간단했다. 먹방을 하고 나서 이렇게 운동을 하면 된다고 떠들어대는 게 아니라, 내가 직접 맛있게 먹고 운동해서 날씬한 모습을 보여주면 더 공감할 수 있지 않을까 생각했다. 일종의 이론과 실전의 결합이랄까.

그건 내가 이전에 강연을 해왔던 방법이기도 했다. 자신감도 있었다. 운동하는 동안 음식과 운동, 영양소에 대해서는 전문가가 되어 있었기 때문이었고, 그걸 나보다 잘 할 수 있는 사람은 별로 없을 것 같았다.

내 나이 마흔여섯, 그렇게 먹방 유튜버가 될 사전준비를 마쳤다.

컨셉도 정했으니, 반은 준비가 끝난 셈이었다. 아니, 끝난 셈이라 생각했고 이제 시작만 하면 된다고 생각했다.

하지만 이게 웬걸? 막상 해보려니 준비된 건 아무것도 없었다. 준비는커녕. 난 컴맹, 폰맹에다가 지독한 기계치였다. 카메라를 어떻게 다뤄야 하는지, 영상 촬영을 어떻게 해야 하는지, 찍은 영상을 어떻게 편집하는지도 몰랐다. 뭔가 방법을 찾아야 했기에 그저 고민할 수밖에 없었다.

러닝머신에서 운동하면서도, 운전하면서도, 집에 와 샤워를 하면서도 고민했다. 심지어 잠들어 꿈속에서도 고민했다. 그랬더니 어느 순간, 과거의 내 모습이 떠올랐다.

그건 MC가 되겠다며 김제동의 행사 영상을 찾아 처음부터 끝까지 토씨 하나 빼놓지 않고 달달 외우며 익혔던 모습이었고, 행사가 열리는 호텔을 찾아다니며 녹음했던 모습이었다.

'그래, 내가 언제는 알고 한 적이 있었나.'

난 원래 그런 사람이었다. 뭔가 완벽히 준비해서 시작하기보다, 직접 몸으로 부딪히며 헤쳐 나가는 사람. 유튜브라고 뭐다를 게 있을까. 그렇게 생각하니 한결 마음이 편해졌다.

다음날, 무작정 공부를 시작했다. 유튜브에는 생각보다 많은 정보가 있었다. 동영상을 촬영하는 방법부터 편집하는 방법까지 깨알 같은 정보들이 널려 있었다. 하지만 너무 많아서인지 어떤 게 나와 맞는 정보인지 알 수 없었다.

'뭐, 어쩔 수 없다. 무작정 해보는 수밖에.'

내가 좋아했던 몇몇 유튜버를 무작정 따라해 보기 시작했다. 좋아했던 장면들을 흉내 내며 따라 찍어보고, 괜찮아 보이는 영상 스타일을 따라 편집했다. 잠도 줄여가며 반복 또 반복했다. 그렇게 1년을 연습에만 매진했다.

처음에 영상 하나 찍고 편집하는데 일주일이 넘게 걸렸지만, 계속 반복해보니 점점 시간을 단축할 수 있었다. 1년을 지나자 하나의 영상을 편집해 업로드 시키는데 이틀 정도 시간이 걸렸다.

촬영과 편집도 문제지만 장비도 문제였다. 유튜브에서 좋다고 추천하는 장비들이 많았지만, 가격도 성능도 천차만별이었다.

먹방을 하는 사람들이 쓰는 장비들과 뷰티 방송, 게임 방송을 하는 장비들이 다 달랐다. 어떤 게 좋은지 몰랐지만 일단 마음에 드는 먹방 유튜버가 쓰는 장비를 사서 써봤다. 먹방 유튜버라고 다 같은 장비를 쓰는 게 아니어서 시행착오도 여러 번 겪었다.

일단 사서 쓰고 나한테 맞지 않는다 싶으면 다시 팔고 새로운 장비를 사들였다. 그렇게 1년 정도 사고팔고를 반복하니 어느 정도 내게 맞는 장비를 마련할 수 있었다. 그렇게 1년 동안 다방면으로 준비하자 이 정도면 얼추 되지 싶었다.

드디어 막바지 촬영 연습을 하는 날이었다.


"엄마, 사투리 쓰는 거 썰렁하니까 아예 말을 하지 마."


카메라를 앞에 두고 촬영 연습하는 나를 보고 딸이 한 말이었다. 딸 말을 듣고 보니 그런 듯했다.

유튜브는 부산사람만 보는 게 아니니 내 말을 못 알아들으면 어쩌나 걱정도 됐다. '그래, 말 대신 자막을 써보자.' 그래서 '안녕하세요, 손미미입니다.'라고 자막을 넣어 남편에게 보여 주었다.

"넌 말하는 게 매력인데 그걸 빼면 어떡해?"

남편의 반응은 정반대였다. 듣고 보니 또 그 말도 맞는 것 같았다. 이 말을 들으면 이 말이 맞는 것 같고, 저 말을 들으면 저 말이 맞는 것 같았다. '와 정말 미치겠네.' 사투리뿐만 아니라 말투도 문제였다. '존댓말로 해야 하나, 반말로 해야 하나.'

유튜브는 대부분 나보다 어린 사람이 볼 거 같은데 존댓말을 쓰면 왠지 꼰대 같은 느낌이 들까 걱정이 되었고, 반말로 하자니 건방지다고 욕하지 않을까 두려웠다.

메이크업도 어떻게 해야 할지 몰랐다. 개인방송이라지만 이것도 방송인데 제대로 메이크업을 해야 하는 게 아닌가 싶어, 처음에는 피트니스 대회에 나갈 때처럼 진하게 화장을 했다. 그리고 심사위원들에게 했던 것처럼 억지 미소도 지었다.

그랬더니 왠지 나다운 모습이 나오지 않았다. 내 몸에 맞지 않는 옷을 입은 느낌이었다. 결국, 이것도 걱정, 저것도 걱정. 하나부터 열까지 모두 걱정투성이였다.

에라 모르겠다. 일단 내 방식대로 해보자. 결국, 선택한 방식은 나답게 최대한 자연스럽게 해보자는 거였다. '사투리 좀 쓰면 어때? 알아서 걸러 듣겠지.' '쌩얼이면 또 어때, 내가 연예인도 아닌데.'

화장도 지우고 반말 존댓말 그때그때 섞어가면서 편하게 진행했다. 방송 내용도 최대한 솔직하게 했다. 내 주변에서 쉽게 구할 수 있는 먹거리를 닥치는 대로 사 먹으면서 최대한 있는 그대로 솔직하게 말했다.

맛있으면 맛있다, 맛없으면 맛없다고….

협찬을 받은 게 아니라 다 내 돈으로 산 거라 거리낄 것도 없었다.

한 번은 마트에서 산 제품을 먹고 내 몸에 부종이 생긴 적이 있었는데, 그것조차도 있는 그대로 다 말했을 정도였다.

그러던 어느 날, DM 한 통이 날아왔다. 서울에 사는 구독자였다.

'부산에 꼭 가보고 싶은 유명한 디저트 가게가 있는데 대신 먹어봐 줄 수 있어요?' 못 할 이유는 없었다.

방송에 공지하고 구독자가 말한 디저트 가게 음식으로 먹방을 진행했다. 그리고 솔직한 내 느낌을 말해주었다. 그런데 예상외로 반응이 좋았다. 없던 댓글이 달리기 시작하고 비슷한 요청들이 계속 들어왔다.

'○○○도 가주세요.' '○○○도 맛있다는데 먹어보고 얘기해 주세요.' 난 구독자들이 보낸 DM을 보고 생각했다.

'구독자들이 왜 이런 걸 좋아할까?'

결국은 소통의 문제였다. 개인방송은 짜인 각본에 따라 시청자들에게 일방적으로 전달하는 방송이 아니었다. 내 방송은 맛있는 음식을 소개하는 방송이 아니라, 맛있는 음식을 통해서 구독자들과 이야기하는 방송이다. 그동안 난 어떻게 하면 잘 보여줄 것인지만 생각하고, 어떻게 하면 잘 소통할 것인지 고민하지 않았는데 비로소 소통이 중요하다는 걸 깨닫게 되었다. 이후 유튜브를 대하는 자세가 달라졌다. 댓글에 대댓글을 달며 적극적으로 소통했고, 부족하지만 실시간 라이브 방송도 시작했다.

구독자들은 내가 디저트를 좋아한다고 생각했는지 계속해서 부산 여기저기에 맛있는 디저트 가게가 있다고 알려주었다. 난 구독자들이 원하는 대로 다 먹어주었다. 그러면서 구독자들과의 소통의 폭이 점점 더 넓어지게 되었다.

'언니 너무 귀여워요.' '음식 안 먹을 땐 뭐 하고 지내요?' 이렇게 구독자들은 나의 개인적인 부분에도 관심을 가졌다.

'언니는 어떻게 그렇게 먹는데도 살이 안 쪄요?' 내 일거수일투족에 관심을 가졌지만, 그중 가장 많이 하는 질문이 바로 이거였다. 칼로리 높은 음식을 먹으면서도 날씬한 내 모습이 신기했던 모양이었다.

'됐다.' 운동하는 먹방 유튜버.

드디어 내가 목표한 지점에 이른 것이다. 이후 자연스럽게 내가 프로선수임을 알릴 수 있게 되었고, 인스타그램까지 개설해 먹방을 하면서도 예쁜 몸매를 유지할 수 있는 운동법을 알릴 수 있게 되었다.

신의 한 수는 인스타그램이었다. 유튜브와 인스타그램이 링크로 연결돼 있어서 인스타그램을 본 사람들이 유튜브를 찾아오고, 유튜브를 통해 다시 인스타그램에 유입되며 시너지 효과가 난 것이다.

처음 시작할 때는 막막했지만, 2년 남짓 지난 지금은 프로 피트니스 선수에서 디저트 먹방 전문 유튜버로, 또 운동하면서 예쁜 몸매를 유지하는 먹방 인플루언서로 자리를 잡아가게 되었다.

## 20년짜리 인생 플랜은 지금부터 시작이다 ─────

　처음 유튜브를 시작할 때 꼭 디저트로 먹방을 할 생각은 없었다. 운동하면서 먹을 수 없었던 음식을 마음껏 먹어보자는 것 정도가 다였다. 먹고 난 다음에 날씬한 몸매를 유지하는 것만 보여주자는 게 내 목표였다. 하지만 구독자의 요청을 한두 번 들어주다 보니, 얼떨결에 디저트 먹방을 전문으로 하는 유튜버가 되어 있었다.

　물론, 디저트의 주요 성분이 탄수화물과 당분이라 나트륨이 들어간 음식을 먹었을 때보다 몸매를 관리하는 데 유리하기는 하다. 예를 들어 나트륨이 잔뜩 들어간 음식을 먹고 운동해서 원래대로 만드는 데 이틀이 걸린다면, 디저트를 잔뜩 먹고 운동해서 원래래도 만드는 데는 하루가 걸리는 정도니까 분명 차이는 있었다.

　하지만, 그건 중요한 문제가 아니었다. 사실 뭘 먹든 그게 무슨 상관일까? 진짜 중요한 건 소통이기 때문이다. 음식을 먹으면서 구독자들과 이야기를 할 수 있고 서로의 생각을 나눌 수 있다면 그게 뭐가 되든 상관은 없었다.

'언니는 나트륨 많은 음식 안 먹어요?' 한 번은 구독자가 이렇게 물은 적이 있었다. 바로 댓글을 달았다.

'나트륨이 잔뜩 들어 있는 음식이면 또 어때? 까짓거 조금 더 운동하면 되지.'


이전까지 다른 사람이 뭐를 하든 상관하지 않고 살아왔다. 그저 나만 열심히 살고, 나만 앞으로 달려가면 된다고 생각했다. 나만 잘 살면 된다고 생각했고 실제로 그렇게 살아왔다.

하지만 여러 차례 좌절을 겪고 쓰러진 뒤 알게 되었다. 어느 날 내 몸과 분리된 나를 보면서 깨달았다.

'아, 인생이 이런 게 아니구나.'

결국, 세상은 함께 살아가는 것이다. 함께 살아가는 이들이 행복해야 나도 행복할 수 있다는 걸 말이다. 세상에 의미 없이 존재하는 건 아무것도 없다. 길가에 피어 있는 작은 풀잎도 나름의 의미가 있고, 하찮아 보이는 세상의 그 무엇도 다 존재

이유가 있다. 당연히 사람 사는 세상은 더 그렇다. 각자가 자신의 위치에서 잘 살아갈 때 세상이 아름다워질 수 있다.

이젠 혼자 잘 사는 것보다 같이 잘 사는 게 좋다. 가족이 행복해야 내가 행복할 수 있는 것처럼. 옆에 있는 누군가가 행복하면 나 역시 너무 행복하다. 더불어 살아가는 이들이 행복해야 내가 행복하다. 나랑 같이 운동하는 사람들이 행복해야 내가 행복하고, 나랑 같이 먹는 사람들이 행복해야 내가 행복하다. 나랑 같이 일하는 사람이 행복해야 내가 행복하고, 나랑 같이 길을 걷는 사람이 행복해야 내가 행복하다. 나랑 같은 아파트에 사는 사람들이 행복하고, 나랑 같은 부산에 사는 사람들이 행복하고, 나랑 같은 대한민국에 사는 사람들이 행복하고, 나랑 같은 지구에 사는 사람들이 행복하고, 나랑 같이 소통하는 모든 사람이 행복해야 내가 행복하다.

마흔여섯의 나이에 늦깎이로 시작한 유튜브 크리에이터. 별로 예쁘지도, 많이 배우지도, 특별히 잘나지도 않은 나지만, 심지어 사투리도 많이 쓰고 아이도 둘이나 있는 평범한 아줌

마지만, 그래도 조금씩 나를 인정해 주는 게 너무 감사했고, 편하게 소통할 수 있어서 너무 행복했다. 그거면 충분했다.

하지만, 그걸로 만족할 수는 없었다. 여자라서, 하던 일이 잘 안 되어서, 경력이 단절되어서, 아이를 키우는 엄마라서, 나이가 많아서 아무것도 하지 못한 채 포기하고 주저앉아있는 사람들은 여전히 많기 때문이었다. 그들에게 말하고 싶었다. 내가 경험한 삶을 나누고 공유하고 싶었다.

'할 수 있다. 나도 하는데 못할 게 뭐가 있나?'


이벤트 회사를 하며, 강연하며 많은 사람을 만나며 살아왔다. 지금은 유튜브와 인스타그램으로 사람들을 만나고 있다. 하지만 세상은 똑같다. 오프라인으로 직접 만나는 세상에서 온라인으로 연결된 세상으로 변했을 뿐 대화하며 소통하는 건 같다.

예전에 강연할 때는 내 얘기를 듣고 공감해 주는 게 너무 좋았다. 단 한 명이라도 내 얘기를 듣고 그들의 삶이 변할 수 있다면 그만큼 보람 있는 일도 없었다.

지금도 여전히 한 사람이라도 내 먹방을 보면서 대리만족

을 느끼는 사람이 있다면 그렇게 좋을 수가 없다. 나도 그랬으
니까. 먹고 싶은 것 못 먹으며 힘들 때 먹방을 보며 힘을 얻었
으니까. 그래서 맛있는 거 마음껏 먹으면서도 나처럼 날씬해
지고 싶다는 사람들한테 내가 알고 있는 모든 운동 노하우를
말해준다.

지금도 구독자들에게 말한다. '열심히만 하면 누구나 할
수 있다. 먹고 싶은 거 먹으면서도 열심히 운동하면 예쁜 몸매
를 가질 수 있다. 마흔아홉 살인 나도 하고 있으니까 당신도 할
수 있다.'

난 특별한 사람이 아니다. 연예인도 아니고 많이 배운 것
도 아니다. 아니 오히려 가난하고 배운 것도 없다. 실패도 많
이 했고 힘들어 많이 울기도 했다. '그래도 봐라. 이렇게 해내
지 않았나? 당신들은 나보다 젊고 예쁘고 많이 배웠으니 더 잘
될 수 있다. 같이 해보자.' 매일같이 말하고 또 말한다.

수단이 꼭 먹방일 필요도 없다. 서로 소통하며 삶을 나누
고 앞으로 어떻게 살아야 할지 얘기할 수 있다면 그게 뭐가 되
든 상관없다. 그저 주어진 환경 속에서 최선을 다할 뿐이다.

지금 나에게 주어진 역할이 먹방이니까 먹방에 최선을 다하며 소통할 뿐이다.

앞으로 내 삶이 어떻게 변할지 장담할 수도 없다. 그저 말하고 싶을 뿐이다. '나도 했으니, 당신도 할 수 있다고.' 이 말을 전할 수 있다면 그게 뭐가 되든 상관이 없다. 내 말을 듣고 함께 사는 우리 모두가 행복할 수 있다면 그걸로 충분하다. 내가 지금 이 글을 쓰는 이유이다.

PART 3

내 인생의 동반자

**PART 3**

내 인생의 동반자

## 내겐 너무 아픈 이름, 엄마 아빠 ──────────

몇 해 전 조카 네 명이 같이 차를 타고 갈 일이 있었다. 원래는 내 딸도 같이 타기로 했었는데 갑자기 나한테 일이 생겨서 탈 수 없었다.

그런데 몇 시간 후, 믿기지 않는 소식을 듣게 되었다. 차사고가 나서 조카들이 많이 다쳤다는 것이다. 눈앞이 깜깜했다. '이게 도대체 어떻게 된 일이지?'

나는 언니가 넷이고, 그중 막내였다. 우리 다섯 자매는 어릴 때부터 독수리 5형제 못지않은 찰떡 의리를 자랑했다. 누구한 명이 밖에서 맞고 오기라도 하면 우르르 몰려가 반드시 대가를 치르게 할 정도였다. 아빠 없이 엄마 밑에서 자라야 했기에 우리는 더 똘똘 뭉칠 수밖에 없었다.

이런 관계는 어른이 되어 각기 가정을 꾸리면서도 계속 이어졌다. 힘든 일이 있을 때마다 자기 일처럼 서로를 챙겨왔고,

교류도 잦아서 조카들을 자식이나 다름없이 대했다.

그런데, 그런 금쪽같은 조카들이 네 명씩이나 동시에 다쳤다는 사실은 도무지 믿기지 않았다. 그나마 내 딸이 함께 타지 않은 것에 안도할 뿐이었다.

언니들은 사는 곳이 모두 달랐기에 조카들은 각자의 집에서 가까운 병원 세 곳으로 나눠 입원했다. 사고가 난 게 내 잘못은 아니었지만, 괜한 자책감에 매일같이 도시락을 싸 들고 병원 세 곳을 번갈아 가며 병문안 다녔다. 계속되는 악재에 병원을 오가며 생각했다.

'왜 자꾸 내게 이런 일이 일어나는 거지.'

당시, 코로나로 모든 일상이 멈춘 상황이었다. 끝이 보이지 않는 터널처럼 언제 끝날지도 알 수 없었다. 나 역시 연이은 악재에 너무 힘들었다. 해결책을 찾아야 했지만, 도무지 내 힘으로는 어쩔 수 없는 일들이 너무 많았다. 답답해서 잠들지 못한 날도 하루 이틀이 아니었다.

그러던 어느 날, 답답한 마음을 위로라도 받을까 싶어 용하다는 보살을 찾아가 굿을 했다. 그곳에서 뜻하지 않은 사람을 만나게 됐다.

"아빠가 들어왔다."

굿을 하던 보살이 내게 말했다. 아빠가 접신 되어 자신의 몸에 들어왔다는 것이다. 그때까지 아빠를 본 적이 없었다. 네 살 때 뇌출혈로 돌아가셨다는 말만 들었을 뿐이었고, 남겨진 사진으로만 아빠를 봤을 뿐이었다.

보살의 말을 듣자마자 접신이 된 아빠를 뚫어져라, 노려봤다. 그리고 나도 모르게 눈살을 찌푸렸다. 그때 보살은 북을 치고 있었는데, 듣기론 아빠도 생전에 북 치고 장구 치고 노는 걸 좋아했다고 했다.

순간 아빠가 진짜로 돌아왔다고 생각했는지 북을 치고 있는 그 모습이 너무 미웠다. '뭐가 그리도 급해서 그렇게 일찍 우리 곁을 떠나야만 했는지.' '사업이 망했다고 인생이 끝난 것도 아닌데, 왜 그렇게 술을 마셔 뇌출혈로 쓰러져야 했는지.' '아빠가 그렇게 일찍 죽지만 않았어도 우리 가족이 그토록 힘들게 살지는 않았을 텐데.' 생각할수록 아빠가 미워 나도 모르게 아빠를 째려보았다. 한참 동안. 보살에 접신 되어 북을 치는 아빠를 보며 원망하고 또 원망했다.

그런데 이상한 일이었다. 한참을 뚫어져라, 쳐다보니 갑자기 아빠가 불쌍하게 여겨졌다. '죽고 싶어 죽은 것도 아닌데.' 딸 다섯을 엄마한테 홀로 남기고 떠나면서 아빠도 얼마나 힘들었을까? 아빠의 마음이 절로 헤아려졌다.

"아빠도 힘들지? 근데 나도 힘들어."

막내딸이 투정하듯 아빠에게 말했다.

"나 잘 되게 해줘. 대박 나게 해달란 말이야! 내가 잘 되면 아빠 하늘나라에서 푹 쉬라고 더 좋은 굿 해줄게."

난생처음 아빠에게 해본 투정이었다. 그런데, 이 말이 끝나자마자 대답이 돌아왔다.

"그래 알았다. 아빠가 우리 막내딸 잘 되게 해줄게."

이 역시 난생처음 아빠한테 들은 답변이었다. 돌이켜보면, 그때 진짜 보살의 몸에 아빠가 찾아왔는지는 알 수 없었다. 그저 날 위로하려 보살이 그렇게 말했을지도 모를 일이었다. 그러나 잠깐이었지만, 난 너무 행복했다. 아빠를 만나 미워서 째려보고, 투정을 해봤다는 사실에 그 어떤 정신과 상담보다 훨씬 위로되었다. 그 뒤로 무슨 일이 있을 때마다 아빠를 찾았다.

"아빠, 나 오늘 이런 일이 있었는데, 너무 힘들어. 나 도와줄 수 있지?"

'그래, 아빠만 믿어.' 대답은 없었지만, 아빠의 목소리가 들려오는 것만 같았다. 그러고 나면 또 무슨 일이 있었냐는 듯 다시 힘을 낼 수 있었다.

어린 시절, 아빠 없이 산다는 건 내게 무엇으로도 채울 수 없는 결핍이었다. 그걸 채워야 할 몫은 오로지 엄마에게 돌아갔다. 혼자 감당하기 힘들었을 테지만, 엄마는 그 결핍을 채우기 위해 유독 우리를 엄하게 키웠다. 울며 투정을 부리는 우리를 달래는 대신 빗자루부터 들었다.

자갈치 시장 경매장에서 흘린 생선을 주워 팔아야 했던 엄마. 가진 돈은 없었고, 다섯 명의 딸을 먹여 살리기 위해 네 살 된 나를 남겨두고 매일 시장에 나가야 했다. 늘 몸뻬바지를 입고 가방 대신 검정 비닐봉지를 들고 다니며 할머니 소리를 들었다. 그런 상황이었으니 엄마는 우리를 돌봐줄 시간도 마음의 여유도 없었을 거였다.

엄마라고 왜 빗자루를 드는 대신 자상하게 타이르고 싶지 않았겠는가.

엄마라고 왜 시장에 나가는 대신 어린 나를 돌봐주고 싶지 않았겠는가.

엄마라고 왜 예뻐 보이고 싶지 않았겠는가.

하지만, 그게 엄마가 할 수 있는 최고의 선택이었을 거였다. 지금이야 엄마의 사정을 충분히 이해할 수 있지만, 그땐 그게 너무 싫고 야속했다.

"어이구, 우리 막내딸 대단하다."

요즘도 엄마는 전화할 때마다 큰 아파트에 살며 TV에도 나온 나를 대단하다고 칭찬한다. 그러면서 꼭 어린 시절 얘기를 덧붙인다. '잘 돌봐주지 못하고, 많이 가르치지 못해서 미안하다고.' 그런 얘기를 들을 때마다, 제발 그만 좀 하라고 일부러 퉁명스럽게 말한다.

하지만, 전화를 끊고 나면 체하기라도 한 것처럼 가슴 한 구석이 답답하기만 하다. 도대체 끝도 없는 이 애증의 관계는 무엇인지. 글을 쓰는 지금도 엄마만 생각하면 자꾸만 목이 잠긴다. 이 글이 끝나면 엄마에게 말해야겠다. 난생처음 아빠에게 말했던 것처럼.

'키우느라 고생 많이 하셨다고. 그리고 사랑한다고.'

고등학교 1학년 때, 광안리 해변에서 우연히 만났던 그 남자. 짙은 눈썹에 갸름한 턱선, 이목구비도 빼어나 첫눈에 사춘기 소녀의 가슴을 설레게 했던 그 남자. 오랜 시간이 걸렸지만, 결국 그는 내 인생의 동반자가 되었고 내 운명이 되었다.

그를 처음 본 지 30년이 훌쩍 넘었고 함께 살을 맞대고 산 시간만 해도 20년이었다. 지금도 난 이 남자가 너무 좋다. 남편이 너무 좋다.

그를 사랑하지만, 사랑한다는 말로 이 사람을 모두 담기엔 부족하다. 평생을 함께한 남편이지만 때론 아들처럼, 때론 아빠처럼. 그는 늘 내게 힘이 되고 안식처가 되어준다.

언제나 내 편이 되어 주는 남편이 난 너무 좋다.

결혼 전 친정 언니와 내가 싸우는 걸 목격했을 때였다. 내가 언니한테 대들고 일방적으로 못되게 구는 상황이었지만,

남편은 나를 데리고 나가 진정시키며 말했다.

"진정해 미미야. 나는 언제나 네 편이니까."

운동을 시작하고 대회에 나가기로 마음먹었을 때, 제일 걱정이 됐던 건 손바닥보다 작은 팬티와 브라만 입은 채 남들 앞에 나서야 한다는 것이었다.

평소에 반바지도 안 입고 다닐 만큼 보수적인 나다. 남들이 볼 때 화려해 보이는 일을 하고, 외모가 화려할 뿐이지 내면은 전혀 그렇지 못하다. 그래서 나조차도 처음엔 그런 복장이 부담되었다. 하지만, 운동하면서 알게 되었다.

'저런 옷을 입을 수밖에 없구나.'

죽을 고생을 해서 만든 몸을 심사위원들에게 정확히 보여주기 위해서 반드시 그런 옷이 필요했다. 포즈도 마찬가지였다. 얼굴에 미소를 지으며 몸을 배배 꼬아야 했는데, 절대 외설적인 것이 아니라 세부적인 근육을 제대로 보여주기 위해 반드시 필요한 부분이었다.

다른 사람을 이해시킬 이유는 없었다. 시부모님보다 먼저 남편만 이해시키면 됐기에, 여자 피트니스 대회 영상을 찾아 남편에게 보여주었다.

"봐봐, 어떤 느낌이 드는지."

"미미야, 이런 거 일부러 보여주지 않아도 돼. 네가 얼마나 열심히 했는지 다 알거든. 그리고 난 널 믿어."

왜 이런 옷을 입어야 하는지 남편을 설득하기 위해 보여준 것인데, 남편은 군소리 없이 영상을 보고 난 뒤 미소를 지으며 내게 한 말이다. 이후 대회마다 나를 따라다니며 도와주는 든든한 후원자가 되었다.

대회장 백스테이지까지 따라와 늘 내가 최고라고 칭찬해 주었고, 긴장한 듯 보이면 엄지손가락을 치켜세우며 용기를 북돋아 주었다. 그게 그렇게 힘이 되었다.

내가 처음 1등을 했을 땐, 남편이 친정에 전화해서 목소리를 높였다.

"미미가 1등 했습니다. 아무래도 소 한 마리 잡아야 할 거 같습니다."

그때까지만 해도 친정 식구나 시댁에서는 내가 운동만 하는지 알았지 대회에 나가는지도 모를 때였다. 남편이 미리 선수를 쳐 가족들에게 알린 것이었고, 그날 이후 가족들까지 나를 응원하게 되었다.

언제나 묵묵히 자기 할 일을 하는 남편이 난 너무 좋다.
피트니스 센터를 운영할 때였다. 아이가 애정결핍이라는 진단을 받았고, 내가 더 이상 센터에 신경을 쓰기 어려워졌다. 어쩔 수 없이 남편이 피트니스 센터를 맡아 운영할 수밖에 없는 상황이었다. 난 볼록 튀어나온 남편의 배를 보며 말했다.

"이렇게 뚱뚱한 사람이 피트니스 센터를 운영하는 게 웃기지 않아?"

남편은 군말 없이 운동을 시작했고, 나와 함께 대회를 나갈 수 있을 정도까지 몸을 만들었다. 그때 농담처럼 말했다.

"우리 같이 대회에 나가볼까?"

그런데, 실제로 남편은 대회를 준비했고 얼마 후 나와 함께 대회에 출전해서 1등을 했다.

언제나 나를 도와주는 남편이 너무 좋다.
유튜브를 처음 시작하면서 편집하는 방법을 몰라 고민할 때였다. 나름 영상을 보고 따라 한다고 했지만, 워낙 기계치라 좀처럼 진도를 나가지 못하고 있었다. 남편에게 투정하듯 부탁했다.

"여보, 나 이것 좀 가르쳐 주면 안 돼?"

물론 남편도 편집하는 방법을 몰랐다. 하지만, 내 말을 듣자마자 편집 공부를 시작했고, 며칠 동안 밤새워 공부하고 나서 나에게 편집하는 방법을 가르쳐주었다. 이후, 모르는 게 있을 때마다 남편에게 물었는데, 그때마다 남편은 내게 최고의 스승이 되어 주었다.

그렇게 지내온 20년이니, 도무지 남편을 좋아하지 않을 수 없었다. 물어본 적은 없지만, 그건 남편도 마찬가지일 거다.

한 번도 남편에게 돈을 벌어 오라고 말해 본 적이 없다. 결혼 초기 교통사고가 난 게 나 때문이라는 자책 때문이기도 했지만, 그것보다 남편을 믿었다. 묵묵히 자신이 해야 할 일을 할 사람이라는 걸 너무 잘 알기 때문이었고, 실제로 남편은 그런 사람이었다.

내가 다쳐 입원해 있을 때, 남편은 묵묵히 나를 돌봐주고 내 일을 도와주었다. 결국, 같이 이벤트 사업을 하게 됐지만, 내가 하던 일이니 당연히 나를 중심으로 돌아갈 수밖에 없었다. 자존심이 상할 법도 했지만, 불평 한마디 없이 자기 할 일을 묵묵히 해주었다.

지금도 남편과 나는 서로에 대해 너무 잘 알고, 또 서로를 잘 이해해준다. 남편이 어떤 걸 잘 하는지, 내가 어떤 걸 잘하는지 말하지 않아도 너무 잘 안다.

우리는 서로 하고 싶은 건 다 하게 하고 서로 잘 할 수 있게 도와준다. 마치 짝을 맞춘 블록처럼. 서로의 부족한 면을 채워주며 같은 곳을 바라본다. 그러니까 남편과 나는 같은 곳을 바라보며 같은 길을 걷는, 서로가 서로에게 도무지 없어서는 안 될 존재이다. 혹시 누군가 내게 다시 태어나도 남편과 함께하고 싶냐고 묻는다면 이렇게 말하고 싶다.

'다시 태어나도 남편과 함께 이 길을 걷고 싶다고.'

## 제사상에 올라간 햄버거

난 시댁과의 관계가 특별한 편이다. 남들은 시집살이다 뭐다 해서 말이 많지만, 시댁에 가도 그 흔한 설거지 한 번 안 해봤을 정도다. 남편이 밥을 먹으면 남편이 설거지했고, 시부모님이 드시면 시부모님이 설거지했다. 시댁에서는 방 한 번 닦아본 적도 없다. 청소한다든지, 부모님 밥을 차려드려 본 적도 없다.

세상에 이런 싸가지 없는 며느리가 다 있냐고 생각할지도 모르지만 실제로 그랬으니까 어쩔 수 없는 일이다. 그런데 내 행동은 버르장머리 없는 것과는 결이 좀 달랐다.

그러니까 뭐라 할까? 시댁은 아빠 없이 태어나 늘 목말랐던 나의 어린 시절의 결핍을 채워줄 수 있는 요람 같은 곳이었다. 그건 진심이었다. 그 진심을 가식 없이 솔직하게 드러낸 것이다.

어쩌면 보상을 받고 싶었는지도 모른다. 보살핌을 받아야 할 나이에 보살핌을 받지 못하고 살아온 삶에 대한 보상. 가족이 있었지만 늘 빈자리를 느껴야 했던 삶에 대한 보상 말이다. 그러니까 시댁을 진심으로 가족이라 생각했다.

사람이 누군가를 진심으로 대하면 그 사람도 그 진심을 받아들이기 마련이다. 간혹 그렇지 않은 사람을 만나기도 하는데, 그런 인간은 두 번 다시 상종하지 않으면 그만이었다.

아무튼, 그 어렵다는 시댁이지만 솔직하고 진실하게 대했고, 그랬더니 그 마음이 시댁 식구들과도 통했다.

난 시댁이 편하고 좋았다.

워낙 어릴 때부터 남편을 만났고, 오랫동안 남편 집에 놀러 갔기 때문일 수도 있지만. 시댁에 가면 우리 집에서 느낄 수 없는 정이 느껴졌다. 아빠도 없고 엄마도 늘 일을 나가 집에 없었기 때문에 더욱 그랬을 것이다.

재밌는 일화가 있다. 시댁엔 쇼파 대신 2인용 긴 베개가 있었는데, 시아버지가 그걸 베고 누워 있으면 난 옆에 가서 같이 눕곤 했다.

"뭐, 하는 거냐?"

시아버지는 처음에 그런 나의 행동을 보고 깜짝 놀라셨지만 자주 그렇게 하다 보니 나중엔 으레 그러려니 했다. 추운 날 밖에 있다가 집에 들어가면 "아, 너무 춥다." 그러면서 이불 속으로 쏙 들어가기도 했다. 친해지고 싶어서 그런 게 아니라 진짜 엄마 아빠처럼, 내 집처럼 편하고 좋아서였다.

시댁에서도 솔직한 나의 태도를 좋아했고, 나도 시부모님을 친부모님처럼 생각했다. 호칭도 어머니, 아버지 대신 엄마, 아빠라고 불렀다. 시댁에서도 나를 그냥 딸로 대해주었다.

결혼하기 전, 어느 날이었다. 시댁에 놀러 갔다가 2세에 관한 얘기가 나왔다. 당연하다는 듯 나는 아이를 낳지 않겠다고 선언했다. 당돌해 보였을 텐데도, 시아버지는 화를 내지 않고 차분히 이유를 물었다.

돈을 벌어야 하기 때문에 아이를 돌볼 수 없다고 주저 없이 말했다. 정말 그랬다. 당장 돈을 벌어야 했기에 아이를 낳아 키울 자신이 없었다.

일단 아이를 낳고 나면 어떻게든 되겠지, 하는 식으로 무책임하게 행동하고 싶지 않았다. 엄마의 잘못은 아니지만 내가 방치되듯 자라왔기 때문에 더더욱 그럴 수 없었다. 아이는 나중에 여유가 생길 때 낳아도 될 거로 생각했다.

또박또박 솔직하게 자신의 얘기를 하는 나를 보며 시댁 어른들은 고개를 끄덕였다. 그동안 진심으로 대했기에 가능한 일이었다.

"그럼 내가 봐주마."

시어머니가 대뜸 아이를 봐주겠다고 했다. 그렇게 결혼을 했고, 아이를 낳자 약속대로 시부모님이 아이를 돌봐주었다. 당시 시아버지는 경비 일을 하셨는데, 나중에 우리 부부가 자리 잡는 것을 도와주시고자 둘째까지 봐주셨다.

어느 날 시댁에 놀러 갔는데, 우리 아이들은 빨간 다라이에 물을 받아놓고 놀고 있었다. 그런데 주인집에서 수돗물을 많이 쓴다고 시아버지께 뭐라 한소리를 했다. 그때 너무 화가 났다.

'그깟 수돗물 값이 얼마나 한다고.'

우리 엄마 아빠가 무시당하는 것 같아서 참을 수가 없었다. 그 길로 남편을 데리고 나와 방 두 칸에 화장실과 부엌이 있는 18평 빌라 전세를 찾았다. 당장 가진 돈은 없었지만, 대출을 받아서라도 계약하려고 했다. 우리 아이들을 봐주는 게 감사하기도 했지만, 어른들도 편하게 지내시길 바라는 마음이 더 컸다.

시아버지는 그때까지 한 번도 집을 가져본 적이 없으시다며 아쉬운 표정을 지었다.

"그럼 전세 말고 집을 사드릴게요."

난 주저 없이 그렇게 했고, 시댁의 첫 집은 내가 해드리게 되었다. 이후에도 특별한 일이 없이 시댁을 내 집처럼 드나들었다. 보통 시댁에 갈 때 뭘 사갈까 고민하지만 난 그런 고민이 없었다. 장을 볼 때 생선 물이 좋아 보이면 거리낌 없이 사서 드렸고, 내가 먹을 계란을 사다가 한 판 더 사서 편하게 나눴다. 그러니까 또 하나의 집이었고 가족이었다.

세월이 지나 당뇨 합병증을 앓던 시아버지의 건강이 급격히 나빠졌다. 결국, 1년간 병원에서 투병하시다가 돌아가셨는데, 마지막 3~4일은 식사는커녕 죽도 제대로 못 드실 상태였다. 당시 시아버지는 약간의 치매 증상도 있었는데, 내가 병문안을 가자 내 손을 꼭 잡고 옆에 있어 달라며 눈물을 흘렸다.

"아빠, 왜 식사를 안 하셔?"

식사를 못 해 피골이 상접한 모습이 너무 속상했다. 밥을 차려 손수 시아버지께 먹여드렸다. 그런데 이상하게 그날 너무 식사를 잘 하셨다. 이전까지 죽도 못 드시던 양반이 내가 떠드리는 밥 한 올 하나도 남기지 않고 다 드셨다.

다음 날, 불고기버거를 사 들고 다시 시아버지를 찾아갔다. 평소에 햄버거를 좋아하셨던 게 생각났기 때문이었다.

병원에선 금지된 음식이었지만, 지금 이 상황에 그게 중요한 것은 아니라고 생각했다. 놀랍게도 시아버지는 내가 사 온 불고기버거 한 개를 다 드셨는데, 그게 시아버지의 마지막 만찬이 되었다. 슬프지만 행복한 순간이었다.

시아버지의 병세가 점점 악화할 때 가족이 모두 모여 시아버지의 죽음을 준비해야 하는 시간이 있었다. 식구들은 이구동성으로 아버지 머리부터 깎자고 말했다.

"아버지 머리를 왜 깎아요? 안 깎는 게 훨씬 예쁜데."

극구 반대했다. 돌아가시기 전에 머리를 깎는 게 풍습인지는 모르겠지만, 머리를 깎으면 시아버지 얼굴이 낯설어 보일 것만 같았다. 그리고 그깟 형식보다 마음이 중요하다고 생각했다.

결국, 나의 반대로 시아버지는 머리를 깎지 않은 채 임종을 맞이했다. 염을 하는 자리에서 난 시아버지의 몸을 부둥켜안고 마지막 인사를 드렸다.

'우리 아빠, 너무 예쁘시다.'

지금도 시아버지 제삿날이 되면 제사상에 불고기버거를 올린다. 남편은 이제 질리시겠다고 불고기버거 말고 다른 햄버거로 바꾸자고 하지만, 내 덕분에 마지막 가시는 길 드시고 싶은 음식을 드셨다며 눈시울을 붉히곤 한다. 그리고, 제사를 마치고 가족들이 모여 이야기를 하다 보면 꼭 빠뜨리지 않는 이야기가 있다.

시아버지 임종 전 나의 반대로 머리를 깎지 않은 일이다. 모두 신의 한 수였다고, 단정한 머리가 너무 보기 좋아 보내드리는 마음이 다 편안했다며 내게 감사했다. 그때마다 별거 아니라고 손사래를 친다. 진짜로 별거 아니었다.

난 진심으로 시아버지 머리를 깎지 않으면 훨씬 예뻐 보일 것 같다고 생각했을 뿐이었다. 솔직한 내 마음이었고, 그거 하나면 충분했다.

프로 피트니스 선수로 세계대회에 나가 수상을 하고 난 뒤 한동안 유명세를 탄 적이 있었다. 실시간 검색어에 내 이름이 오르기도 했고, 언론사들도 내 일거수일투족에 관심을 갖고 기사를 쏟아냈다.

아이 둘 딸린 사십 대 아줌마의 투혼이 신기했던 모양이었다. 특강 요청과 방송 프로그램 출연 섭외도 심심치 않게 들어왔는데, 그중 하나가 EBS 교육 프로그램 〈부모 성적표〉 섭외였다.

작가의 전화를 받고 방송을 모니터링 했더니 자녀 교육에 관한 내용이었다. 나쁘지 않아 보였다. 당시 프로 피트니스 선수 생활과 함께 '미미 머슬' 헬스클럽을 운영하고 있었는데, 아이들에게 추억도 만들어주고 헬스클럽 홍보도 할 수 있다는 생각에 섭외에 응했다. 당시 큰 아이는 중학교 1학년 딸은 초등학교 5학년이었다.

작가에게는 최대한 내 모습을 있는 그대로 보여 달라고 부탁했다. 하지만 방송에서는 아이들과 반드시 지켜야 할 일들에 대해 약속을 하고 지키지 않으면 벌금을 받는 모습이 방영되었다. 어느 정도 조미료가 가미된 장면이었다.

사실 난 약속을 지키지 않으면 벌금을 매기는 스타일이 아니라 반대로 약속을 지켰을 때, 칭찬해주는 스타일이라 실제와 정반대의 모습이 반영된 셈이었다. '뭐, 방송이 다 그렇지…' 재미를 위해 그렇게 했을 거로 생각하니, 이해도 됐고, 그래서 그러려니 하고 넘어갔다.


방송 이후 여기저기서 자녀 교육에 대한 내 철학을 얘기해 달라는 부탁을 종종 받게 되었다. 거창하게 교육철학까지 있는 건 아니어서 조금 난감했지만, 평소 자녀 교육 상담을 많이 해왔던 터라, 부탁을 받으면 솔직한 내 생각을 얘기해줬다. 철학이라기보다는 살아오면서 터득한 나름의 원칙 정도랄까?

'내 아이가 인문계, 혹은 자연계를 간다고 하는데 어떻게 해야 하나요?' 보통 자녀를 둔 엄마라면 누구나 겪게 되는 일들이 대부분이었다. 난 교육 전문가가 아니라서 그때마다 솔직한 내 얘기를 들려주었다. 즉, 아이들의 마음을 헤아리라고 말한다.

엄마들은 모두 청소년기를 보냈으니, 지금 청소년기인 아이들의 마음을 헤아릴 수 있는 건 너무나 당연하다. 그런데 생각보다 잘 하지 못하는 경우가 많다.

아이들의 진로에 대해 이야기할 때도 부모와 자식 사이가 아니라 인간 대 인간, 여자 대 여자로 이야기하라고 말한다. 그래야 엄마와 자식 모두의 입장을 이해할 수 있기 때문이다.

'나 학원 다니기 싫어!'

'왜 학원 다니기 싫은데? 선생님 바꿔 줄까? 다른 학원으로 옮길까?'

이런 관점이 대표적인 엄마 대 자녀의 대화이다. 그런데 그런 식으로 접근하면 아이가 왜 그런 말을 했는지 이해할 수 없다. 그냥 투정을 부린 것인지, 공부가 하기 싫은 것인지, 공부 말고 다른 무슨 꿈이 있는 것인지. 헤아릴 수 없다. 아이가 왜 그런 말을 했는지 아이의 입장에서 생각하고 이해하려고 해야 한다. 생각보다 아이들은 속이 깊다.

엄마 대 자녀가 아니라, 인간 대 인간으로 얘기해도 충분히 대화가 통한다. 따라서 아이라고 상하관계로 대하지 말고 동등한 입장에서 얘기하는 것이 좋다.

그다음은 가르치려 하지 말라고 조언한다. 아이들과 얘기할 때는 무조건 기다려준다. 하고 싶은 말이 있을 때, 충분히 생각하고 정리가 되면 이야기하라고 한다. 그리고, 충분히 생각한 아이가 말을 하면 다 듣고 나서 내 생각을 전한다. 그때 유의해야 할 것은, 이건 옳다, 이건 틀렸다, 결론을 내리지 말아야 한다는 점이다.

내 생각이 아이의 생각과 다를 수도 있고 같을 수도 있다. 따라서 결론을 내리는 대신 내가 살아온 이야기를 들려준다. 이렇게 했을 때는 이런 단점이 있고, 저렇게 했을 때는 저런 단점이 있을 거라고 경험을 들려준다. 그리고 어떤 선택을 했을 때 생길지도 모를 어려움에 대해 말해준다.

내 딸이 무용을 하고 싶다고 내게 처음 말했을 때였다. 난 무용을 했을 때 나와 딸이 감수해야 할 부분에 대해 얘기했다.

"내가 감수해야 할 건 돈 많이 들어가니 열심히 돈을 벌어 뒷바라지해야 한다는 점이고, 네가 감수해야 할 건 춤을 추기 싫어도 계속 춤을 춰야 하고 먹고 싶은 것도 마음대로 못 먹을 수 있다는 점 등등이다."

"그걸 다 해내면 뭐가 좋아?"

"다른 사람보다 무용을 잘 하게 되고, 더 좋은 대학에 갈 수도 있겠지."

그러면 딸은 내 이야기를 듣고 생각한다. 과연 이게 내가 감수하면서도 해야 할 일인가 아닌가. 엄마가 할 일은 아이가 결정할 때까지 기다리는 것뿐이다. 그리고 결정했을 때 응원해주는 것이다.

그런 과정을 통해 결정하게 되면, 아이들은 자신의 행동 하나하나를 할 때마다 본인의 행동이 옳은지, 틀렸는지를 스스로 판단하게 된다.

더불어 한 가지 잊지 말아야 할 것은, 내가 하기 싫은 건 아이들도 하기 싫어한다는 점이다. 내가 설거지를 하기 싫은 것처럼, 아이도 설거지하기를 싫어한다. 내가 방 청소하기를 싫어하면 아이들도 하기 싫다. 사람은 똑같다. 단지 나이가 다를 뿐이다. 그런데 엄마들은 대부분 그렇게 하지 않는다.

'넌 학생이니까 반드시 해야 한다.' 이런 마인드는 최악이다. 나는 못했기 때문에 너는 꼭 해야 한다는 식도 바람직하지 않다. 물론 엄마가 부족한 부분을 채워줄 수는 있다. 하지만 무조건적인 강요는 오히려 반발만 부를 뿐이다.

난 아이들에게 하기 싫은 일을 하라고 말하는 대신 내가 하는 모습을 보여준다. 하기 싫은 것도 참고 묵묵히 해내는 모습 말이다. 먼저 모범을 보이는 것만큼 좋은 교육은 없다.

아이들은 내가 어떻게 살아왔는지 다 알고 있다. 밑바닥부터 노력해서 올라온 내 모습을 다 안다. 그래서 아이들에게 무얼 하라고 말하는 대신 내가 하는 모습을 보여준다. 아이들이 공부를 안 하고 게임을 하고 있으면 잔소리를 하는 대신 밤새워 영상 편집하는 모습을 보여준다.

"나 열심히 했더니 광고가 들어오네.", "이번 달 구독자가 이렇게 늘었어."

나중에 이런 말 한마디면 아이들에게 충분한 동기부여가
된다. 내 인생 최고의 목표는 우리 아이들한테 자랑스러운 엄
마가 되는 것이다. 팬이라고 나한테 연락 오는 걸 보고 뿌듯해
하는 아이들을 보면 절로 힘이 난다. 게다가 유튜브나 인스타
그램은 아이들의 주요 관심사이기 때문에, 거기에서 유명인사
로 통하는 나를 보면서 자랑스러워한다. 그래서 난 오늘도 최
선을 다한다. 뭐 대단한 걸 성취하겠다는 게 아니다. 그저 하
루하루 최선을 다해 살아가는 모습 자체로 아이들에게 부끄럽
지 않은 엄마가 되고 싶은 것이다. 그게 내가 생각하는 최고의
교육이다.

백 마디 말보다, 그냥 아이들이 닮고 싶어하는 엄마!
나처럼 노력하면 뭐든 해낼 수 있다는 본보기가 되는 엄마!
힘들어도 좌절하지 않고 노력하면 된다는 기준이 되는 엄마!
이것이 내가 지금도 최선을 다해야 하는 이유이다.

나레이터 모델 회사에 다니며 모델을 관리할 때의 일이다. 그 회사에는 나를 포함해 대리 직함의 직원 4명이 각각 10명의 모델들을 관리하고 있었다. 어느 날 사장이 내게 말했다.

"손대리, 혹시 모델 30명 정도 모아볼 수 있겠어?"

좁디좁은 그 바닥 사정을 생각하면 쉽지 않은 일이었다. 시간도 꽤 걸릴 것 같았다. 하지만, 사장은 그렇게만 할 수 있다면 팍팍 키워줄 수 있다고 나를 구워삶았다. 게다가 선물로 금반지까지 주겠다고 나를 꾀었다.

'금반지면 도대체 돈이 얼마야?'

난 키워준다는 사장의 말이 너무 고마웠다. 심지어 돈도 너무 필요한 상황이어서 그 말을 듣고 미친 듯이 모델들을 찾아 나섰다.

정확히 한 달이 지난 후. 나레이터 모델 30명을 모아 다시 사장 앞에 나섰다. 그런데 사장의 말이 가관이었다.

"어, 진짜로 모았네? 그냥 장난이었는데…."

난 기가 막혀 말도 나오지 않았다. 사장의 말만 믿고, 남들 1년이 걸릴 일을 죽기 살기고 노력해서 한 달 만에 해냈더니 장난이었다니…. 심지어 그 사장은 평소 내가 롤모델로 생각했던 사람이었다.

속사정은 알 수 없었다. 진짜로 장난삼아 한 말이었는지, 갑자기 상황이 바뀌어서 어쩔 수 없이 그렇게 둘러댄 것인지 알 수 없었다. 하지만 이것 하나는 분명했다. 만약 내가 그런 대표의 위치에 있었다면 절대 그렇게 행동하지 않았을 거라는 점이었다. 불가피하게 상황이 바뀌었더라도 최소한 사정을 얘기하고 같이 대책을 찾았을 거였다.

그때 난 깨달았다. 내가 돈이 필요하고, 궁핍하다는 걸 알기 때문에 나의 약점을 이용할 수도 있다는 것을. 상황이 바뀌어 필요 없어지면, 언제든 헌신짝처럼 버려질 수 있다는 것을.

그래서 결심했다.

'아무도 믿지 말자. 스스로 해나가자. 그리고 절대 약해 보이지 말자.'

이후 내 인생의 태도는 완전히 달라졌다. 회사를 나와 남편과 이벤트 회사를 운영하면서도 마찬가지였다. 일부러 화장도 진하게 하고, 말도 거칠게 했다. 앞도 뒤도 안 보고 불도저처럼 앞만 보고 돌진했다. 누구랑 싸워도 절대 약한 모습 보이지 않겠다고 생각했다.

이벤트 업계에는 남자들이 많다. 모델들을 관리하다 보면 치근대는 사람이 많다 보니 여자로서 일하기 어려운 게 사실이다. 하지만, 난 이를 꽉 물고 버텨냈고, 남자보다 더 남자처럼 행동했다. 큰 고객이어도 내 소속 모델들 가지고 장난치면 불같이 화를 내며 거래를 끊어버렸다.

한번은 행사를 진행하고 업체로부터 돈을 못 받은 적이 있었는데, 마침 그 업체가 옷가게도 같이 하고 있어서 돈 대신 옷을 들고 온 적도 있었다. 그렇게라도 해야 날 우습게 보지 않을 것 같아서였다. 그랬더니, 이벤트 사업하면서 '손미미 건드리지 말라'는 말이 나돌 정도였다.

그렇게 난 세상에 믿을 건 오직 나 하나뿐이란 생각으로 살아왔다. 때론 외롭기도 했지만, 믿었던 사람에게 배신당하는 것보다 그편이 훨씬 낫다고 생각했다. 뭔가 배워야 하고 도움이 필요할 때도 스스로 내 길을 개척해왔다.

MC가 되겠다고 마음먹었을 때도, 누군가를 찾아가 배우기보다는 스스로 개척하는 길을 택했다. 그래서 인터넷에서 김제동 영상을 찾아 혼자 공부했고, 행사가 열리는 호텔을 찾아다니면 멘트를 녹음해 공부하곤 했다.

운동하다 프로선수가 됐을 때도 마찬가지였다. 운동의 기초만 배웠을 뿐, 나머지는 혼자서 공부하고 노력해서 얻은 성과였다. 그렇게 살아오다 보니 내 인생에 롤모델이란 건 없었다. 멘토도 멘티도 마찬가지였다. 내가 멘토고 내가 멘티였다. 스스로 찾아보고 스스로 공부하고 스스로 깨우칠 수밖에 없었다.

그런데, 어느 순간 내 생각이 바뀌었다. 가족 때문이었다.

누구의 시선도 신경 쓰지 않았지만, 가족들에게 인정받는 게 너무 좋았다.

외부에서 나를 인정해 주는 거보다 오랫동안 나를 알던 사람들에게 인정받았을 때 희열을 느꼈다. 언니들이 많아 조카들도 많았는데, 조카들이 커서 나를 보고 대단하다고 말해주는 것이 너무 좋았다. 조카들이 나에게 조언을 구할 때마다 잘 살고 있다는 생각이 들 정도였다. 하물며 조카들도 그러니 내 아이들은 말할 것도 없었다.

"내 멘토는 엄마야."

아이가 그 말을 했을 때 정말 날아갈 것 같았다. 그래서였을까?

EBS 〈부모 성적표〉가 끝날 무렵, 꿈을 묻는 교육전문가의 말에 난 강연자가 되고 싶다고 했다. 예전에는 무조건 성공하고 싶었다. 빌 게이츠처럼, 정주영처럼 성공해서 큰 부자가 되고 싶었다.

하지만, 어느 순간부터 내 꿈이 바뀌어 있었다. 많은 일을 겪고 난 뒤 자연스럽게 생긴 결과였다.

　지금도 생각한다. 만약 내일 내가 죽는다면, 내 아이들이 열심히 살았다고 기억해주면 좋겠다고. 내 조카들과 내 아이들뿐만 아니라 모든 사람이 그렇게 기억해주면 좋겠다고. 그리고 소망한다.

　두 아이와 조카들에게 멘토가 됐던 것처럼, 그동안 열심히 살았다고 나를 기억해주는 이들에게 그들의 멘토가 되어 주고 싶다고. 내가 그렇게 살지 못했기 때문에 더욱 그렇게 하고 싶다.

　잘나지도 않았고, 많이 배우지도 못했고, 누구도 나를 끌어주지 않았고 이용당하며 살았지만, 그래서 더 멘토가 되어 주고 싶다. 외로웠고, 힘들었기 때문에 더더욱 그랬다. 어디에서 누군가 한때의 나처럼 힘들어하는 사람이 있다면, 그 손을 잡고 격려해줄 수 있기를 소망한다.

　외로워하지 말라고. 할 수 있다고. 내 손을 잡고 같이 해보자고. 내가 기꺼이 당신의 멘토가 되어 줄 테니….

"일단 만나서 얘기합시다."

내가 한창 이벤트 사업을 할 때 입버릇처럼 달고 살았던 말이었다. 전화로 얘기하다 막히는 경우 직접 만나서 얘기해 보면 풀리는 경우가 많았기 때문이었다. 난 진심을 가지고 눈을 보고 얘기하다 보면, 오해도 풀 수 있고 안 될 일도 될 수 있다고 여긴다. 지금도 마찬가지다.

서로의 눈을 보고 진심과 진심이 맞닿는다면 안 될 일은 없다고 생각한다. 틀린 얘기는 아니다.

하지만, 세상은 변했다. 특히 코로나가 터지면서 변화의 속도가 더 빨라졌다. 나의 의지와 상관없이 서로 만날 수 없게 되자 사람들은 이전과는 비교할 수 없을 정도로 비대면 만남에 빠져들었다. 다행히 코로나 팬데믹 시대가 앤데믹 시대로 들어섰지만, 다시 이전으로 돌아갈 수 있을지 아무도 알 수 없다. 이제 만나지 않고 소통하는 게 오히려 당연해지는 시대가 되었다.

이처럼 변하는 세상에서 혼자만 고집을 부려서는 도저히 살아갈 수 없다. 무인도에 갇혀 혼자 살아갈 게 아니라면, 하릴없이 공원에 누워 죽을 날만 기다리며 살아갈 게 아니라면. 무조건 변화에 적응해야 한다. 그건 선택이 아니라 필수다.

"어떻게 SNS를 그렇게 잘 해요?"

또래의 엄마들이 나를 만나면 하는 말이다. 원래부터 그쪽 일을 한 게 아니냐며 신기해하기도 한다. 하지만 천만의 말씀이다.

난 유튜브를 시작하기 전까지 완전 컴맹에 폰맹이었다. 지금도 스마트폰으로 기차표를 예약할 줄 몰라 남편이 대신 표를 예매해줘야 할 정도다. 하지만 난 지금 누구보다 열심히, 또 즐겁게 SNS를 하고 있다. 잘해서가 아니라 해야 한다고 생각했기에 도전한 것이고, 포기하지 않았기에 부족하나마 여기까지 올 수 있었다.

누가 나에게 직업을 물으면 유튜브와 인스타그램을 하는 유튜브 크리에이터이며, 인플루언서라고 말한다. 그러면 누군가는 또 이렇게 묻는다.

"그게 직업이 돼요?"

직업이라…? 애매한 질문이긴 하지만, 먹고 살 만큼 돈을 버느냐는 의미라면 직업이 안 될 수도 있다. 하지만 처음부터 돈을 많이 벌기 위해 시작한 게 아니라 나의 얘기를 할 수 있는 방송국을 만들자는 마음으로 시작한 거라 당장 돈이 안 되어도 크게 상관은 없다.

반대로 질문의 의미가 직업으로 생각할 만큼 시간과 노력을 투자했느냐는 의미라면 자신 있게 직업이라 말할 수 있다. 지금까지 해왔던 어떤 일보다 많은 시간과 노력을 투자하고 있기 때문이다.

유튜브와 인스타그램 같은 걸 보통 SNS(social network service) 즉, 사회관계망서비스라고 한다. 풀어 말하면, 사회가 네트워크로 연결돼 있다는 말이다. 난 이곳에서 새로운 사람들을 만나왔다. SNS를 시작한 게 2년 조금 지났으니 딱 그 기간동안 이곳의 삶을 경험했다. 직장인에 비유하면 사회초년생을 간신히 지난 정도일 것이고, 자영업자에 비유하면 신장개업 딱지를 막 뗀 셈이다. 그것치곤 성과가 나쁘지 않다.

지금도 엄청난 구독자와 팔로워를 가진 건 아니지만, 나름 유튜브와 인스타그램 두 개의 채널이 시너지를 발휘하며 조금씩 나아지고 있다. 하지만 겉으로 보이는 지표보다 더 중요한 건 SNS를 통해 얻은 깨달음이다.

내가 옳다고 생각한 것이 사실 옳지 않을 수도 있다는 걸 알게 됐고, 생각지도 못한 데서 새로운 힘을 얻기도 했다. SNS의 세계에서는 내가 만나는 사람이 누구인지, 몇 살인지, 어디에 사는지, 어떻게 생겼는지 알 수 없다. 그저 공통의 관심사 하나만 가지고 만날 뿐이다.

아직도 나는 SNS의 첫 경험을 잊을 수가 없다. '언니 말하는 게 너무 귀여워요.' '언니 진짜 예뻐요.' '언니 하는 거 응원할게요.' 생전 본 적도 없고, 나와 어떤 관계도 없는 사람들이 내게 해준 말이었다. 그곳은 내가 아는 개념하고 완전히 다른 세상이었다.

얼굴을 모르는 사람이 나한테 힘을 주고, 용기를 주고, 응원해주고, 예쁘다고 해주고, 귀엽다고 해주는 게 너무 신기했다. 예전이었다면, '왜 나한테 저런 말을 하지?' '혹시 다른 꿍꿍이가 있나?' '돈을 깎아달라는 걸까?'라고 생각했을 것이다.

하지만 SNS 세상은 다르다. 아무런 이유도 목적도 없이 자신의 감정을 표현한다. 그런데 더 신기한 건, 어느 순간부터 그 말에 내가 힘을 얻고 있다는 점이다.

내 나이 올해로 마흔아홉이다. 이 나이에 내가 어디 가서 예쁘단 소리 들을 수 있을까 생각하면, 지금도 너무 기분이 좋다. 그러니 요즘은 그냥 SNS만 하고 있어도 힐링이 될 정도다.

내가 하는 콘텐츠가 주로 먹방과 운동, 다이어트에 관한 것들이라 10대, 20대 여자들이 많다. 처음에 그들이 댓글을 달면 어떻게 해야 할지 몰라 당황했지만, 지금은 많이 배워서 제법 즐겁게 소통할 수 있게 됐다. 나는 그들과 하루하루 소통하며 많은 것을 배웠다.

요즘 아이들 버릇없다고 말하지만, 천만의 말씀이다. 경우 없기로 따지면 나이 많은 사람들이 훨씬 더하다. 그리고 요즘 아이들은 긍정적이다. 솔직하고 거리낌도 없다. 난 그게 좋았다. 그래서 그들에게 예쁘게 말하는 법을 배웠다.

'언니 너무 예뻐요.'

'뭔 소리야? 예쁘긴 뭐가 예쁘다는 거야?'

옛날 같으면 이렇게 생각했겠지만, SNS를 하면서 달라졌다. 그렇게 2년 넘게 지내다 보니 SNS가 아닌 일상에서도 긍정적으로 말하게 되었다. SNS가 내게 준 선물이었다.

하지만 더 큰 선물이 있다. 그건 더불어 사는 세상이라는 인식이다. 치열하게 경쟁해야만 했고, 다른 사람을 밟고 일어서지 않으면 내가 밟혀 뒤처질지도 모른다고 생각하며 살아왔었다. 같은 일을 겪어도 이전에는 불안해하고 초조했다면, 이젠 마음이 느긋해졌다. 내 욕심에 세상을 너무 날카롭게 봐 왔던 것이다. 인생이 꼭 그런 것만은 아니라는 것을 SNS에서 만난 친구들이 가르쳐주었다.

서로 격려하며, 응원하며 두 손 맞잡고 갈 수도 있는 세상이라는 걸 깨닫게 되었다. 그건 그 무엇과도 바꿀 수 없는 깨달음이고 내 인생 최대의 선물이었다.

그런 선물을 받고 생각했다. '나도 누군가에게 돌려주고 싶다.' 요즘 내가 부쩍 나눔에 관심을 갖게 된 것도 그런 이유에서였다.

디저트 가게 사장님에게 부탁해 돌봄을 받는 아이들에게 디저트를 기부하고, 도움이 필요한 사람에게 내가 알고 있는 경험을 나누기도 한다. 먹방으로 소개했던 음식점의 시식 쿠폰을 공유하기도 한다. 아직은 미비한 수준이지만, 내가 받은 선물을 다른 사람들에게 돌려주고 싶어 나눔을 늘려 가려 노력하고 있다.

'굳세어라(good life & share life) 미미쌤.'

요즘 꿋꿋하게 나눔을 실천하는 모습을 보고 지인이 우스갯소리로 붙여준 별명인데, '나누면 더 좋은 세상'이라는 뜻이라고 했다.

그분 말처럼 굳세게 나눔을 실천하며 살아가다 보면, 반드시 모두가 함께 행복해질 수 있는 세상이 올 거라 믿는다. 그러면서 오늘도 다짐한다. 혹시, 어딘가에서 힘들어하고 있는 사람이 있다면 나도 주저하지 않고 손을 건네며 말하겠다고.

'할 수 있다고, 내 손을 잡고 같이 가자고!'

PART 4

힘들고 지친 당신에게

# PART 4
## 힘들고 지친 당신에게

굳세어라 미미쌤

## 실패와 좌절은 같은 말이 아니다 ————————

"당신은 성공하셨습니까? 아니면 실패하셨습니까?"

강연에서 이런 질문을 한 적이 있다. 마침 CEO들을 대상으로 한 강연이었기에 대부분 성공했다고 대답했다. 난 사람들의 얼굴을 찬찬히 훑어보았다. 정말 여유가 넘치는 게 성공한 사람의 얼굴 같았다. 질문을 바꿔 다시 물었다.

"당신은 성공한 인생입니까? 아니면 실패한 인생입니까?"

그랬더니, 더러는 웃고 더러는 내 시선을 피했다. 사업은 성공했을지 몰라도 인생까지 성공했다고 스스로 말하기엔 좀 부끄러웠던 모양이다. 왜 그랬을까?

'성공'과 '성공한 인생'이 도대체 무슨 차이가 있길래?

성공의 사전적인 의미는 '목적하는 바를 이룬다'이다. 이것을 그대로 성공한 인생에 적용해 보면, '목적하는 바를 이룬 인생' 정도가 된다. 그렇다면 다시 질문.

"인생의 목적하는 바는 무엇입니까?"

사업이 번창해 돈을 많이 버는 것? 돈을 많이 벌면 성공한 인생이 되는가? 모르긴 몰라도 아닐 것이다. 당장은 그렇게 생각할지 몰라도, 한 번이라도 하는 일에 어려움을 겪어본 사람이라면 그게 아니란 걸 잘 알 것이다. 성공한 인생이냐는 질문에 CEO들이 선뜻 답을 하지 못한 것도 그 자리에 오르기까지 여러 가지 역경을 겪어봤기 때문일 거였다.

인생은 정말 어찌 될지 아무도 모른다. 백 년 만 년 잘 되는 사람도 없고, 백 년 만 년 안 되는 사람도 없다. 인생은 다 굴곡이 있기 마련이다.

중요한 건 인생의 굴곡을 만났을 때의 태도다. 거기에서 성공한 인생과 실패한 인생이 나눠진다. 성공의 반대말은 실패가 맞다. 하지만 실패와 실패한 인생이 같은 말은 아니다.

일은 성공할 수도 있고 실패할 수도 있다. 하지만 실패했다고 반드시 실패한 인생이 되는 건 아니다. 실패한 인생이란 말은 좌절해 더는 아무것도 하지 않을 때 하는 말이다.

나는 여러 번 실패했다. 하지만 맹세코 인생을 실패했다고 생각한 적은 없었다. 실패해 좌절한 적도 없었다.

사무실도 없이 바닥부터 다져 올려세웠던 이벤트 회사를 문 닫아야만 했을 때도 그랬고. 코로나로 피트니스 클럽 '미미 머슬'이 문을 닫아야 했을 때도 마찬가지였다.

물론 경제적인 손해는 컸다. 당연히 힘들고 고통스러웠다. 하지만 그건 나한테 실패가 아니었다. 이 또한 인생이라는 긴 과정에서 내가 겪어야 하는 하나의 과정이라 생각했다.

이제는 100세 시대다. 살아온 시간보다, 살아야 할 시간이 훨씬 길다. 잃어버린 돈이야 어떻게든 다시 벌면 되지만, 주저 앉아 인생마저 포기해버리면 다시 주워 담을 수 없다.

내 나이 네 살 때, 아빠는 사업 실패에 대한 후유증으로 술만 마시다가 뇌출혈로 돌아가셨다. 나의 아빠뿐만 아니라, 사업에 실패한 많은 사람이 인생을 포기하는 경우를 종종 본다.

그분들에게 부탁하고 싶다.

"실패했다고 포기하지 마라! 좌절만 하지 않으면 반드시 기회는 온다."

## 실패도 때론 약이 된다 ───────

자신이 실패했다고 주장하는 사람들의 공통점이 있다. 배우지 못해서, 가진 게 없어서, 몸이 약해서, 운이 없어서, 경험이 없어서, 지원을 받지 못해서.

이유는 천차만별이지만 자신이 실패할 수밖에 없는 나름의 이유가 한 가지 이상씩은 있다. 뭐, 진짜 그랬을 수도 있다.

더 많이 배웠다면, 더 가진 게 많았다면, 남들보다 건강했다면, 운이 따랐다면, 많은 경험을 했다면, 누군가로부터 팍팍 지원을 받았다면 성공했을 수도 있다. 하지만, 달리 생각해 보자. 만약 그랬다면 당신은 성공할 수 있었을까? 이런 조건을 충족한 사람은 다 성공했을까?

그렇지 않다. 당신도 알 것이다. 꼭 그렇지만은 않다는 걸.

당신은 해내지 못한 적당한 핑계가 필요할 뿐이다. 진짜 이유 말고 적당한 핑계…. 세상에 성공하고 싶지 않은 사람은 없다. 하지만 모두가 성공할 수는 없다.

난 성공한 사람이 아니다. 그렇다고 잘하는 사람도 아니다. 그저 잘하고 싶은 사람이고, 잘해야 하는 사람일 뿐이었다.

난 가진 게 없고, 남들보다 많이 배우지도 못했다. 몸도 약했고, 누군가로부터 지원을 받지도 못했다. 살아야 했기에, 그저 잘해야 하는 사람일 뿐이었다.

난 성공하지 못했다. 하지만 포기하지 않았고, 지금도 성공하기 위해 노력한다. 그래서 여기에 나의 얘기를 당당히 할 수 있다.

난 가난하게 태어나 보호받아야 할 나이에 보호받지 못했다. 무용수가 되고 싶었지만, 꿈을 꿔야 할 나이에 꿈을 꾸지 못하고 고등학교 3학년 때 생업에 뛰어들어야 했다.

이후 단 한 번도 쉬지 못하고 앞만 보고 달려와 천신만고 끝에 내 사업을 갖게 되었다. 사무실도 없이 무일푼으로 시작했지만, 이를 악물고 노력해 작지만 내 회사도 갖게 되었다. 그때 내 기분은 세상을 다 가진 것 같았다. 하지만, 기쁨은 오래가지 않았다.

절망처럼 나를 덮친 교통사고. 따지고 보면 지독히도 운이 없었다. 이제 막 꿈을 피워보려는데 다시 멈춰야만 했으니. 하지만 절망하지 않았다. 멈추지도 포기하지도 않았다. 그때 생긴 후유증으로 큰소리만 들려도 시시때때로 숨을 쉬지 못하는 호흡곤란 증세에 시달려야 했고 상비약처럼 집에 산소 호흡기를 놓고 살아야 했지만, 한 번도 불평하지 않았다. 그것도 내 인생이라 생각하고 받아들였다.

그런 몸으로 프로 피트니스 선수가 됐으니 쉬울 리 없었다. 남들은 몇 시간 동안 해도 괜찮은 운동을 나는 한 시간만 하고 쉬어야 했다. 하지만 불평하지 않았다. '그러면 또 어때? 쉬고 나서 다시 운동하면 되지. 남들 쉴 때 더 운동하면 되지.' 그렇게 세계 챔피언이 되었다.


난 아직도 6시간 이상 잠을 자지 못하면 힘이 들어 호흡곤란이 온다. 물론 바빠서 그렇게 자지 못할 때도 많다. 하지만 그것도 문제가 되지 않는다. 부족한 잠은 쪼개서 보충하면 그만이었다.

심지어 아이들을 야단치다가 흥분해도 호흡곤란이 왔다. '아, 아이들이 잘못해도 필요 이상으로 화내지 말라는 거구나.'

오히려 그걸 감사하게 생각하며 마음을 고쳐먹었다.

결국, 모든 것은 생각하기 나름이다. 불현듯 나를 찾아온 불행과 고통, 그리고 실패. 당장은 힘들고 고통스럽지만, 어떻게 생각하고 어떻게 대처하느냐에 따라서 결과는 하늘과 땅 차이일 수밖에 없다.

실패할 수밖에 없다고 생각하며 포기하느냐, 그럼에도 불구하고 극복해야 할 대상으로 삼고 삶의 동력으로 여기느냐. 결국, 마음먹기 나름이고, 선택은 자신의 몫이다. 성공한 사람과 실패한 사람이 한 끗 차이인 이유이다.

## 문이 닫히면 다른 문을 열어라 ─────────

　'나레이터 모델, 무용단장, 치어리더, 이미지메이킹 강사, 리더십 강사, 웃음치료사, MC, 이벤트회사 대표, 프로 피트니스 월드챔피언, 피트니스 센터 대표, 먹방 크리에이터, 인플루언서.'

　이전에 내가 했었고 지금 내가 하는 일들이다. 백 년을 살아온 것도 아닌데. 어떻게 이렇게 많은 일을 했는지 의아해할 수도 있다.

　이 책을 읽은 사람들은 알겠지만 날 모르는 사람이라면, 혹시 한 가지 일을 진득하게 하지 못하고 사방팔방 간만 보고 다니는 사람으로 오해할 수도 있다.

　하지만 그렇지 않다. 이 이력들은 어떤 일이 있어도 포기하지 않았던 내 인생의 기록이고, 살아남기 위한 처절한 발버둥이었다.

　어른이 되기 전부터 돈을 벌어야 했고, 결혼해서도 마찬가지였다. 가족의 생계를 위해 잠시도 쉴 수 없었다. 나 때문에 남편이 교통사고를 당한 것 같아 더더욱 그랬다.

그렇게 일찍 세상에 나가 쉼 없이 앞만 보고 가야 했기 때문에 제대로 미래를 준비할 시간도 없었다. 그저 닥치는 대로 일하고, 벽에 부딪히면 그때그때 극복하면서 전쟁 치르듯이 살아온 인생이었다.

사는 게 전쟁이라 실탄이 떨어지기 전에 늘 다음 전쟁을 준비해 왔다. 전쟁에서 이기고 있어도 마찬가지였다. 지금 하는 일이 잘돼도 만족하지 않고 더 잘할 수 있는 방법을 찾으려 노력했다. 잠시도 멈춰 설 수 없다는 생각 때문이었다.

나레이터 모델을 하면서 더 많은 기회를 얻기 위해 치어리더, 무용단장에 도전했다. 이벤트 회사를 운영할 땐 스스로 경쟁력을 높이기 위해 MC가 될 준비를 했다. MC를 하면서도 강연자가 될 준비를 게을리하지 않았다. 그 분야에서 최고의 자리에 올라도 늘 미래를 생각했다.

5년 뒤, 5년 뒤, 5년 뒤, 다시 5년 뒤. 그렇게 20년 동안 미래의 내 모습을 생각하며 하루하루를 살아왔다.

하지만 늘 계획한 대로 흘러온 건 아니었다. 교통사고가 그랬고, 코로나가 그랬다. 나로선 도저히 어쩔 수 없는 일들이 찾아와 나를 인생의 계획 밖으로 밀어냈다. 그때마다 내 선택은 도전이었다. 문이 닫혔다고 멈춰 선 것이 아니라 다른 문을 열고 다른 세상을 본 것이다.

프로 피트니스 선수와 먹방 유튜버.

얼핏 보면 전혀 상관없는 일이고, 오히려 극과 극처럼 보이는 일이다. 하지만 결국 둘의 연결고리를 찾았다. 맛있는 걸 마음껏 먹으면서도 열심히 운동하면 날씬한 몸을 만들 수 있다는 걸 보여준 것이다. 내가 먹방 유튜브에 문을 두드리지 않았다면 절대 열리지 않았을 문이었다.

세상에 소중하지 않은 경험은 없다. 성공했던 경험은 물론이고 실패한 경험조차도 다 피가 되고 살이 된다. 누구나 실패할 수는 있다. 그리고 실패는 누구에게나 힘들다.

아주 오랫동안 해왔던 일이거나, 전부라 여겼던 일일수록 실패의 상처는 크다. 특히 그 일에 몰두한 나머지 미래에 대해 준비하지 않았다면 더더욱 그럴 것이다.

그러나 실패했다고 해서 모든 것이 끝난 것처럼 좌절할 필요는 없다. 실패도 경험이고, 모두 소중한 재산이기 때문이다. 피트니스 대회에 나가기 위해 운동했던 경험이 먹방 유튜버를 하는 데 도움이 될지 누가 알았겠는가.

지금껏 달려온 길이 고속도로인데, 갑자기 길이 끊어졌다고 해서 실망할 필요는 없다. 길은 고속도로만 있는 게 아니다. 길이 막히면 다른 곳을 거쳐서 갈 수도 있고, 국도를 통해 돌아갈 수도 있다. 조금 늦게 간다고 조바심낼 필요도 없다. 고속도로를 달렸던 경험은 어디로 사라지지 않기 때문이다.

사람을 대하는 방법, 옳고 그름을 구별하는 방법, 소통하는 방법처럼 무슨 일이든 보편적으로 적용되는 경험이 고스란히 노하우로 남아 있기 마련이다. 두드려서 안 열리는 문은 없다. 단지 내가 열 수 있는 문이 아닐까 두려워 미리 겁먹고 두드리지 않았을 뿐이다.

'문이 닫혔다고 포기하지 말고 명심하라!'

'두드려라! 그러면 반드시 문은 열릴 것이다.'

유튜브와 인스타그램을 하다 보면 젊은 세대들과 소통할 일이 많다. 그들은 우리 세대와 확실히 다르다. 이것저것 궁금한 것도 많지만 궁금한 게 생기면 망설이지 않고 즉각 물어보기도 잘한다.

'별로 친하지도 않은데 이런 질문을 해도 될까?'

나 같으면 한 번쯤 고민했을 법도 한데, 젊은 세대들은 전혀 거리낌이 없다. 그게 그들만의 소통방법인 모양이었다.

먹방과 운동 콘텐츠를 하다 보니 질문은 주로 다이어트 비법이나 먹어도 살 안 찌는 방법 등이다. 하지만 친해진 몇몇 이들은 가끔 자신의 내밀한 고민을 털어놓기도 한다.

비싼 등록금에 학자금 대출까지 받아 간신히 대학을 졸업했는데 취업이 안 된다느니, 빚내서 어학연수를 다녀왔는데 주변 친구보다 스펙이 너무 부족하다니 하는 식으로 주로 취업과 진로에 관한 것들이다.

그때마다 나는 할 수 있는 최선의 조언을 해주곤 하는데, 지나고 나면 마음 한구석이 체한 것처럼 답답할 때가 많다. 두 아이를 키우는 엄마의 입장이라 더 그럴 수도 있겠지만, 그것보단 요즘 아이들이 꿈과 목표를 혼동하고 있는 것 같다는 생각이 들어서다.

　어떤 사람은 꿈은 클수록 좋다고 말하기도 한다. 틀린 말은 아니다. 큰 꿈을 가지고 멀리 봐야 큰 사람이 될 수 있는 건 너무나 당연한 말이다. 하지만, 꿈과 목표는 다르다. 당장 뭔가를 하겠다는 현실적인 목표 없이 막연하게 꿈만 쳐다봐서는 아무것도 이룰 수 없다. 꿈은 작은 목표를 하나하나 실현했을 때 자연스럽게 이뤄지는 것이지 하루아침에 하늘에서 뚝 떨어지는 로또 같은 것이 아니기 때문이다.

　첫술에 배부를 수 있는 일은 없다. 깊은 맛을 내는 장일수록 오랜 숙성 과정이 필요한 것과 같은 이치다. 장이 깊은 맛을 내려면 반드시 좋은 콩이 있어야 하고, 좋은 물과 재료를 더해 정성껏 장을 만드는 과정이 필요하다. 좋은 날씨, 나쁜 날씨를 두루 겪어가며 인고의 시간을 견뎌야 비로소 좋은 장이 완성된다.

내 꿈은 전국을 돌면서 내 얘기를 들려주는 것이다. 난 나레이터 모델을 하며, 무용단장을 하며, 치어리더를 하며, 이미지메이킹 강사를 하며, 리더십 강사를 하며, 웃음 치료를 하며, MC를 하며, 피트니스 선수 생활을 하며 많은 사람을 만나왔다. 지금도 먹방 크리에이터와 인플루언서로 사람들을 만나고 있다. 나만의 경험을 살려 최대한 많은 사람과 내 삶을 나누는 것이 나의 오랜 꿈이다.

난 개그맨처럼 말을 재밌게 해서 사람들을 웃길 수 없다. 가수처럼 노래를 잘 하지도 못한다. 하지만, 그들이 갖지 못한 걸 갖고 있다. 그건 꿈을 위해 목표를 세우고 20년 동안 차근차근 쌓아온 나만의 경험이다. 그렇게 꿈과 목표를 구분해 살아왔다.

내 목표는 매일매일 최선을 다해 사는 것이었다. 하지만 한 번도 꿈을 포기하지 않았다. 아니 포기는커녕 하나하나 눈앞의 목표를 이뤄가며 꿈에 가까이 다가갔다.

지금 내 꿈을 얘기할 수 있는 건 20년 동안 꾸준히 목표를 이뤄왔기 때문이다. 그런데, 요즘 젊은 사람들은 너무 쉽게 자신의 꿈을 이루려 한다. 하나하나 목표를 이뤄가며 꿈에 도달하려는 생각보다, 한 번에 꿈꾸는 바를 이루려고 한다.

물론 마음은 이해할 수 있다. 운이 좋다면, 준비를 정말 잘했다면, 한 번에 꿈을 이룰 수도 있다.

비싼 등록금을 내고 힘들게 대학을 졸업했으니 꿈꾸던 회사에 떡하고 붙으면 그것만큼 좋은 일도 없다. 하지만, 모두가 좋은 회사에 들어갈 수 있는 건 아니다. 누구는 꿈을 이룰 수 있겠지만 대부분은 좌절을 경험할 수밖에 없다. 이건 엄연한 현실이다.

하지만 꿈만 바라보는 사람들은 이 현실을 외면하고 싶어 한다. 이들은 대부분 자신의 스펙이 부족해 떨어졌다고 생각하기 때문에 다시 뭔가를 배우거나 경력을 추가해 재도전한다. 결과는 크게 다르지 않다.

취직하고 싶은 사람은 많은데 대기업에서 뽑는 인원은 적으니 당연한 일이다. 그렇게 한 번 더, 한 번 더 꿈만 좇다 보면 시간은 어느새 저만치 달아나버린다.

일단 뭐든지 시작하는 게 중요하다. 눈높이를 조정하면 할 수 있는 일은 많다. 내가 꿈꾸는 것과 달라도 하나하나 잘 해내다 보면 반드시 길은 열리게 되어 있다. 그렇다고 꿈을 포기하라는 말이 아니다. 오히려 꿈을 소중히 여겨야 한다. 소중한 꿈을 이루기 위해 하나하나 목표를 세우고, 그렇게 눈앞에 놓인 목표를 하나하나 이루다 보면 언젠가 꿈에 한층 더 가까워진 자신을 발견하게 된다.

# 진짜 위기는 아무것도 도전하지 않는 것이다 ─────

"언니는 운동하는 게 그렇게 좋아요?"

아침마다 운동하는 나를 보며 지인이 말했다. 난 그 말을 들고 그냥 웃어넘기고 말았다. '무슨 소리? 나도 하기 싫어 죽겠다.' 속마음은 이랬지만, 명색이 먹방이랑 운동하는 유튜버인지라 대놓고 싫다고 말할 순 없는 노릇이었다. 운동은 내게 일이니 당연했다. 오랫동안 해왔기 때문에, 이제 운동은 내 인생의 일부가 되었다.

하지만 어느 땐 정말 운동하기 싫을 때도 있다. 나도 사람인지라 늦잠도 자고 남들처럼 한껏 게으름도 피우고 싶다. 아침에 가방을 들고 피트니스 센터에 가는 대신 소파에 누워 드라마 재방송을 보고 싶은 유혹이 번번이 나를 괴롭힌다. 그럴 때마다 고개를 가로로 흔든다. 내가 해야 할 일이기에 묵묵히 해낼 수밖에 없다고 생각한다.

운동이 처음부터 내 일은 아니었다. 대학원 진학을 심각하게 고민하다 포기하고 한시적으로 선택한 일이었다. 몸이 너무 약했기 때문에 무슨 일을 하더라도 좀 건강해져야 한다고 생각하며 딱 3개월만 운동을 해서 몸이라도 건강하게 만들자고 시작했다.

당연히 시작은 쉽지 않았다. 마흔이 넘은 나이였고, 교통사고 후유증으로 산소 호흡기를 집에 두고 살아야 할 정도의 몸이었으니 오죽했을까?

하지만, 이를 악물었다. 남들보다 체력이 약해 자주 쉬어야 했지만, 까짓거 쉬고 다시 하면 될 일이었다. 딱히 목표가 있어서 그랬던 것도 아니었다. 프로 선수가 되어 대회에 나갈 생각은 꿈도 꾸지 않았다. 그저 나를 테스트해보자는 마음으로, 무엇이든 해보자는 마음으로, 또 자신과의 약속을 지키기 위해 이를 악물었을 뿐이었다.

정말 최선을 다했다. 중간에 다쳐서 깁스했어도 운동을 쉬지 않았고, 무릎 보호대를 해서라도 피트니스 센터에 나가 운동을 했다. 그렇게 3개월을 보냈더니, 새로운 길이 보이기 시작했다.

난 프로 선수에 도전했고 결국 세계대회에 나가 챔피언이 되었다. 그리고, 피트니스 센터 대표를 거쳐 지금까지 운동하는 먹방 유튜버로 활동하고 있다.

요즘도 운동하기 싫을 때마다 생각한다. 그때 운동을 하지 않았다면 내 인생은 어떻게 됐을까? 3개월 동안 이를 악물고 버티지 않았다면 내 인생은 어떻게 변했을까? 난 몸이 약하니까 이 정도만 하고 그만하자 생각했다면 어떻게 됐을까?

물론 알 수 없다. 하지만 확실한 게 하나 있다. 오늘의 나는 절대 있을 수 없을 거라는 점이다.

내가 대단한 사람이라는 말이 아니다. 무엇이든 시작했고, 중간에 포기하지 않고 끝까지 해냈기에 무엇이든 결과를 보게 되었다는 말이다. 달리 말해 중간에 힘들다고 포기했다면 이도 저도 아닌 인생이 됐을 거라는 말이다.

세상에 도전하지 않는 것만큼 절망적인 상황은 없다. 우리에게 필요한 건 도전하는 용기다. 당신이 누구든 마찬가지다. 당장 힘들어서, 당장 좀 편해지고 싶어서, 당장 여유가 없어서

도전하지 않으면. 도전해도 쉽게 포기하고 멈춰 선다면 미래에 이룰 수 있는 건 아무것도 없다. 그게 뭐든 상관없다. 아무리 작은 것이라도, 당장 대단한 성과가 나타나지 않는다고 해도….

지금 일상의 작은 변화와 실천이 미래를 바꿔놓을 수 있다. 처음엔 가볍게, 하지만 꾸준하게. 매일 하루에 한두 시간씩 책을 봐도 좋고, 공부를 해도 좋고, 운동해도 좋다. 주변에 좋은 영향을 줄 수 있는 사람을 만나 이야기를 나눠도 좋다. 의미 없이 보내는 시간 대신, 하릴없이 소파에 누워 드라마 재방송을 보는 시간을 아껴서 하루에 단 몇 시간이라도 투자해보는 건 어떨까.

그렇게 한 달이 지나고, 1년이 지나고 5년이 지났을 때. 아무것도 하지 않고 시간을 보낸 당신과 하루하루 시간을 쌓아 올린 당신의 5년 후 모습은 분명 달라져 있을 것이다.

'늦었다고 생각할 때가 가장 빠를 때다.'

살면서 한 번쯤 들어봤을 말이다. 대충 알겠지만, 무언가 해야 할 타이밍을 놓쳤거나 잘못된 길을 가고 있다는 걸 뒤늦게 깨달았을 때 주저하지 말고 다시 시작하라는 의미로 이해하면 무리는 없다.

반대로 이런 말도 들어봤을 것이다. '모든 일에는 다 적당한 때가 있다.' 즉, 무슨 일이든 다 적당한 타이밍이 있으므로 너무 조급하게 생각해서는 안 된다는 말이다. 둘 다 맞는 말이다. 그러면 뭐지? 바로 시작하라는 것인가, 때를 기다리라는 것인가. 도대체 어떻게 하라는 건지 도통 헷갈리기만 하다.

실제로 늦으면 정말로 의미가 없어지는 일들이 있다. 그런 일들은 내가 통제할 수 없는 영역, 그러니까 외부에 의해 시기가 결정되는 일들이 대부분이다. 내겐 이벤트 회사 일들이 그랬다.

행사 시작이 정해져 있으면 그 시간에 맞춰서 반드시 일을 해내야 했다. 지각하거나 행사시간을 지키지 못하면 아무리 준비를 잘 해도 아무 의미가 없어진다. 이런 경우 변명의 여지 없이 정말 늦은 것이다. 하지만 스스로 결정할 수 있는 일에 정말 늦은 때란 없다.

어떤 사정이 있어서 일하지 못하다가 다시 일할 수 있는 여건이 됐을 때 우린 대부분 망설이게 된다. 망설이는 이유는 모두 다를 수 있다.

'한땐 잘 나갔었는데 그때만큼 하지 못하면 어떡하지?'

'이 나이에 다시 뭘 한다고 남들이 손가락질하면 어떡하지?'

'혹시 실패하면 어떡하지?'

각기 다른 이유로 다시 시작하기를 두려워한다. 물론, 선택은 본인의 몫이고 그 선택이 맞을 수도 있고 틀릴 수도 있다. 다시 시작한다고 반드시 성공한다는 보장도 없다. 그러면 어떻게 해야 할까? 미안하지만 정답은 없다. 오로지 당신의 선택에 달렸다는 말 밖에는….

난 다시 시작해야 할 때 망설이지 않았다. 준비가 잘돼서? 나이가 어려서? 여건이 충분해서? 아니었다. 반드시 해야 하는 일이기 때문에 부딪혀 이겨낸 것뿐이다. 그러면서 생각했다.

'내가 지금 이 일을 하지 않으면 앞으로 내 모습은 어떻게 될까?' 대학원에 진학할까 고민했을 때, 미래의 내 모습을 생각하니 그림이 그려지지 않았다. 그래서 난 나만의 길을 찾기 위해 운동을 시작했다.

우여곡절을 겪고 유체이탈을 했을 때, 과거의 내 모습을 생각하니 너무 비참하고 불쌍했다. 그래서 운명에 이끌리듯 먹방을 시작했다. 운동을 시작했을 때가 마흔한 살이었고, 먹방을 시작했을 때가 마흔여섯 살이었다.

중요한 건 자신을 들여다보는 마음이지 시간이 아니란 말이다. 지금 다시 시작할지 고민하는 사람이 있다면 얘기하고 싶다.

'크게 심호흡하고 나를 들여다보라고.'

'5년 후, 10년 후 아무것도 시작하지 않은 내 모습을 상상해 보라고.'

그 모습이 마음에 든다면 아무것도 하지 않아도 괜찮다.

어차피, 인생은 자기가 살아가는 것이고 책임도 자기가 지는 것이니까.

하지만 좀 더 멋지게, 좀 더 폼나게, 좀 더 그럴듯하게 살아보고 싶은 사람이라면 지금 당장 다시 시작해보길 정중하게 권한다. 나를 너무 소중하게 생각하고, 나를 진심으로 사랑하는 사람이라면. 자신의 가슴에 귀를 대보길 진심으로 권한다.

심장 뛰는 소리가 들리는가? 만약, 당신의 심장이 다시 시작하라고 외친다면. 시작해라, 지금이 바로 다시 시작할 때다.

- 왜 성공하고 싶은지 목표를 설정하라
- 내 가치는 내가 결정한다
- 의지하지 말고 스스로 해내라
- 새로운 것을 두려워하지 마라
- 할 수 있다고 주문을 외워라
- 너무 힘들 땐 울어라
- 때론 카멜레온이 돼라
- 할 수 있다는 믿음 하나면 충분하다

# 다시 시작하는 당신에게

## PART 5

다시 시작하는 당신에게

## 왜 성공하고 싶은지 목표를 설정하라 ─────────

"잘 먹고 잘살기 위해서 성공하고 싶습니다."

누가 나한테 왜 성공하고 싶은지 물으면 난 망설이지 않고 이렇게 대답한다. 실제로 그랬다. 너무 어렵게 자라서 그런지 몰라도, 난 언제나 돈을 많이 벌고 싶었다. 그러려면 반드시 성공해야 했다. 아빠 없이 자랐기 때문에 누군가에게 기댄다는 생각도 없었다. 뭐든 스스로 책임진다는 생각뿐이었다.

결혼했어도 마찬가지였다. 가정의 생계를 책임지기 위해, 엄마의 의무를 다하기 위해 늘 돈을 벌어야 했고, 성공해야 했다.

지금도 마찬가지다. 아이들 대학 졸업시키고 늙어서 아이들한테 손 안 벌리고 살려면 돈을 벌어야 하고 성공해야 한다. 그게 내가 성공해야 하는 이유다.

속된 욕망이라고 손가락질해도 어쩔 수 없다. 그게 나니까 굳이 나를 감출 생각은 없다.

성공하기 위해 매번 목표를 세웠다. 이벤트 회사를 운영할 땐 부산 최고의 이벤트 회사로 성공시키겠다는 목표가 있었다.

'어떻게 하면 될까?' 고민 후 얻은 결론은, 나의 경쟁력을 높이는 것이었다. 치어리더 단장, 이미지메이킹 강사, 웃음치료사, MC, 강연자가 되겠다는 세부적인 목표를 세웠다. 난 한 번도 해보지 않았지만 하나하나 차근차근 공부하고 부딪히며 목표를 이뤄나갔다. 그리고 드디어 부산 최고의 이벤트 회사로 성공시키겠다는 목표를 이루게 되었다. 그 이후로도 여러 번의 목표가 있었다. 그때도 하나씩 하나씩 목표를 이뤄갔다.

남들은 할 수 없는 나만의 스타일을 가진 강연자가 되겠다는 목표를 세웠을 때가 있었다. 그때 막 대학을 졸업했었는데, 대학원에 가는 대신 운동을 선택했다.

난 지식보다 지혜가 많은 사람이라 특별한 경험이 필요하다고 생각했다. 앞에서 거론한 대로 당시 워낙 몸이 약했기 때문에 딱 3개월만 해보자는 목표를 세웠었다. 그 시간 동안 정말 열심히 운동해서 목표를 달성했다. 그랬더니 또 다른 목표가 생겼다.

'세계대회에 나갈 수 있는 정도까지만 해보자.'

늦은 나이였지만 남들보다 열 배 스무 배 노력했고, 결국 세계대회 출전을 넘어 세계 피트니스 챔피언이 되었다. 이전의 목표였던 특별한 경험에 나만의 스타일을 가진 강연자의 자격을 갖춘 건 너무나 당연한 일이었다.

먹방 유튜버가 되겠다는 목표가 생겼을 때도 마찬가지였다. 카메라 작동법도, 편집 방법도 몰랐지만 무조건 일주일에 3개의 콘텐츠를 올리겠다는 목표를 세웠다. 1년간 결국 밤새워 가며 노력한 후 목표를 달성했고, 이젠 제법 인정받는 유튜브 크리에이터가 되었다.


'돈을 많이 벌고 싶어서, 유명해지고 싶어서, 멋있게 살고 싶어서.'

각자 조금씩 다를 수는 있지만, 누구에게나 성공해야 할 이유는 있다. 그 이유가 무엇인지는 중요하지 않다. 그저 성공하고 싶다는 사람들에게 먼저 목표부터 세우라고 말한다. 그

것만큼 동기부여가 되는 건 없기 때문이다.

목표는 작을수록 좋다. 단계마다 하나씩 실천하다 보면 조금씩 성공에 다가설 수 있기 때문이다.

'내 가치를 함부로 정하지 마!'

드라마 〈이태원 클라쓰〉에 나왔던 말이다. 방영한 지 꽤 됐지만, 지금도 SNS에 명대사 '짤'이 나돌 정도로 화제를 일으켰다.

내용은 이렇다. 주인공 박새로이는 고등학교 때 사고로 아빠를 잃고 고아가 된다. 심지어 사고를 일으킨 재벌집 아들을 때려 교도소에 들어간다. 하지만 주인공은 음식점을 해 대박을 내겠다는 꿈을 버리지 않는다. 죽은 아빠의 꿈이기 때문이다. 결국, 수십 년이 지난 후 주인공은 각고의 노력 끝에 성공도 하고 아빠의 원수도 갚는다는 내용이다.

웹툰을 원작으로 한 드라마라 현실성이 떨어질지는 모르지만, 거기에 나왔던 명대사가 아직도 기억에 남는다.

주인공은 자신의 꿈을 이루기 위해 매일 교도소에서 책을 봤다. 그때 같은 방에 있던 수감자는 매일같이 책을 보는 주인공에게 어차피 전과자라 제대로 살 수도 없는데 책은 봐서 뭐하냐고 나무란다. 하지만 주인공은 자신의 가치를 함부로 깎아내리지 말라며 수형자와 말다툼을 하면서 위 명대사를 내뱉었다.

그 대사를 들으며 속마음이라도 들킨 것처럼 뜨끔했다. 진짜 그렇게 생각했고, 그렇게 살아왔기 때문이었다.

난 고등학교를 졸업하기도 전에 돈을 벌어야 했고, 지금까지 제대로 쉬어 본 적도 없다. 공부를 제대로 해보지도 못했지만, 그렇다고 사회에 나갈 다른 준비를 할 수 있었던 것도 아니었다. 당연히 할 수 있는 일도 많지 않았다. 반드시 돈을 벌어야 했기에, 내가 할 수 있는 일을 찾아서 쉬지 않고 일했다.

하지만 그 자리에 안주하지는 않았다. 늘 멀리 바라보았고, 미래의 내 모습을 생각했다.

'가난해서 꿈을 꿀 수 없었지만, 꿈이 없는 사람은 아니다.'

'많이 배우지 못했지만, 지혜가 부족한 사람이 아니다.'

'기회가 없었을 뿐이지, 능력이 없는 사람은 아니다.'

항상 5년 후, 10년 후 내 모습을 상상하며 주문을 걸듯 되뇌었다.

어떻게 하면 더 잘 할 수 있을지, 어떻게 하면 더 나은 삶을 살 수 있을지, 어떻게 하면 더 멋진 사람이 될 수 있는지 고민하고 또 고민했다. 고민이 끝나면 주저 없이 도전했고, 도전한 일은 기어이 해내고 말았다. 그렇게 내 삶은 한 단계 한 단계 올라갔다.

그 후 내 가치가 달라지기 시작했다. 나를 보는 사람들의 시선도 마찬가지였다. 그래도 멀리 보는 걸 멈추지 않았다. 이 정도면 됐다고 만족하며 나의 가치를 한정 짓지 않았다.

피트니스 세계 챔피언이 되었을 때도, 유튜브 크리에이터, 인플루언서가 되었을 때도 마찬가지다. 모든 게 더 가치 있는 나를 만들어가는 과정이라 생각하며 더 멀리 보았다.

이제 마흔아홉 나이로, 지금도 멀리 보며 도전하는 중이다. 걸어온 길보다 갈 길이 더 멀기 때문이다.

앞으로도 많은 사람에게 내가 살아온 얘기를 들려주고 싶다. 배운 것도, 가진 것도 없지만. 특별히 잘나지도 예쁘지도 않지만. 아이 둘 딸린 엄마에 사투리를 쓰는 부산 아줌마지만.

내 가치를 한정 짓지 않고 목표한 걸 해왔던 내 인생 이야기를 들려주고 싶다.

여자라서, 엄마라서, 며느리라서, 일을 오래 쉬어서, 할 수 있는 일이 별로 없어서…. 이렇게 지금도 망설이는 이들에게 내 손을 잡고 같이 가보자고 말하고 싶다.

지금 이 정도까지 했으니까, 적어도 남들만큼 했으니까, 이제 여기까지 왔으니까…. 자신의 가치를 한정 짓지 말고 같이 가보자고 말하고 싶다.

## 의지하지 말고 스스로 해내라 ———————————

　　프로 피트니스 선수를 했던 6년 동안 대회 출전은 내 일상이었다. 한계가 어디까지인지 시험이라도 하려는 사람처럼 틈만 나면 대회에 나갔다.

　　국내대회도 많았지만, 국내대회 못지않게 해외대회도 많았다. 그렇게 많은 해외대회에 나가는 걸 보고 사람들은 내가 영어를 잘 하는 줄 알지만 천만의 말씀이다. 난 거의 까막눈에 가까웠다. 그러면 혹시 언어문제를 해결해 줄 매니저가 있었나? 당연히 그런 거 없었다. 그저 부딪히며 해결했을 뿐이다.

　　처음 해외대회에 나갈 때가 아직도 기억에 생생하다. 짐 정리를 마치고 마지막으로 A4 용지를 한 무더기 챙겼다. 그리고 한 장 한 장 여기저기에서 필요할 것 같은 영어 단어들을 적어놓았다. 문장이 아니라 꼭 필요한 단어 한두 개였다.

　　'환승, 어디?' 이런 식이었다. 난 그걸 들고 환승하는 공항

안내 데스크에 내밀었다. 택시를 타서도 호텔에 가서도 미리 적어놓은 종이를 내밀었다. 뭐로 가도 서울만 가면 된다고 그래도 다 통했다. 룸에서 수건이 필요하면 전화해서 '타월 플리즈.'라고 짧게 말하고 모닝콜이 필요하면 '모닝콜 플리즈'라고 단어로만 말했다.

대회를 나가서도 내게 꼭 필요한 말만 기억했다. '내 자리는 어디냐?' '내 번호는 어딨냐?' 문장을 만들지 못해도 대회에서 꼭 필요한 의사소통은 할 수 있었다. 혹시 알아듣지 못하면 종이에 단어를 써서 보여주면 됐다.

'어디서 왔냐?' '넌 펌핑은 어떻게 하냐?' 대기실에서 선수들이 영어로 물어볼 때도 있었다. 그러면 '잉글리시 슬로우'라고 말했다. 그래도 모를 때는 '잉글리시 노노' 하고 내가 할 일만 했다. 무대에서 알아들어야 할 때가 있는데, 그건 가기 전부터 미리 달달 외워서 해결했다.

결국, 부족한 영어 실력이지만 세계대회에 나가는 데 문제가 될 건 없었다는 말이다. 첫 출전한 세계대회에서 1등을 한 것만 봐도 알 수 있다.

영어 못하는 게 무슨 자랑거리는 아니지만, 군이 설명한 데는 이유가 있다. 즉 새로운 일을 시작할 때 여러 가지 이유를 대며 망설이는 사람들 때문이다. 내 주변만 봐도 그런 사람들이 너무 많다. 그들의 공통된 특징은 스스로 해결하지 않고 누군가에게 의지하려 한다는 점이다.

'아직 준비가 부족해서.' '이 부분이 부족해서.' '이것만 더 배우고 나서.'

물론 정말 준비가 부족할 수는 있다. 특히 부족한 부분이 자기가 하려는 일에서 매우 핵심적인 사안이면 부족한 부분을 채우고 시작하는 것이 맞다. 그건 몸을 만들지 않고 피트니스 대회에 나가는 것과 마찬가지이기 때문이다.

하지만, 해외대회에 출전할 수 있는 충분한 몸이 됐는데도 영어가 안 된다는 이유로 출전하지 않는 건 앞뒤가 맞지 않는 얘기다. 왠지 주객이 전도된 느낌이랄까? 그러니까 핑계에 불과하다.

무슨 일을 시작할 때 모든 걸 완벽하게 준비할 순 없다. 완벽하게 준비했다고 생각해도 일을 하다 보면 부족한 부분이 반드시 생겨난다. 때문에 핵심적인 사안이 아니라면 직접 부딪히면서 해결하는 게 더 빠르다. A4 용지에 단어를 적었다고 상을 주지 않는 건 아니기 때문이다.

물론 누군가 도와줄 수는 있다. 하지만 누군가 나 대신 해결해줄 거라 기대해서는 안 된다. 그걸 당연하게 여기고 한 번 의존하면 나중에도 계속 의존해야 하고, 그렇게 반복되면 나중에 아무것도 스스로 해결할 수 없게 된다. 혹시라도 도와준 누군가가 사라지면 당신은 경쟁력을 잃게 되기 때문이다.

처음엔 힘들더라도, 조금은 서툴더라도, 혼자 해결하는 습관을 길러야 한다. 그래야 나중에 생겨날 일들도 스스로 해결할 수 있다. 아마도 처음 해외대회에 나갔을 때 누군가 나를 도와줬더라면, 그 이후에도 난 혼자서 해외대회에 출전하지 못했을 것이다. 처음 한두 번이 어렵지 나중엔 다 거기서 거기다. 원래 인생이란 게 그렇다.

## 새로운 것을 두려워하지 마라 ──────────

　내가 제일 듣기 싫은 말 중 하나가 '나 때는'이다. 연배가 높은 사람들이 아랫사람들에게 일장 연설을 늘어놓을 때 빠지지 않는 단골 레퍼토리다. 거기에 꼭 덧붙이는 말도 있다.

　'나 때는 안 그랬는데 요즘 애들은 참 버릇없다.'

　자기들도 그런 말을 들으며 자랐으면서. 왜 나이만 먹으면 똑같은 말을 반복하는지 알 수가 없다. 그러니까, '나 때는'은 왠지 꼰대들의 전매특허 같은 느낌이다.

　도대체 어쩌라는 건지? 아이들이 보기엔 나도 꼰대겠지만, 그런 나로서도 옛날 자기가 어땠는지 거들먹거리며 추억만 먹고 사는 사람들을 정말 이해할 수가 없다. 한때 잘 나가지 않은 사람들이 어디 있다고.

　세상이 변했는데 과거만 바라보는 모습도 싫고 참으로 무능해 보인다. 세상이 변했으면 변화된 세상에 맞춰 살 생각을 해야 한다. 고인 물은 썩는다는 말이 있듯이 옛날 타령만 하고 있으면 뒤처질 수밖에 없다.

그렇게 세상은 이미 변했고, 지금도 아주 빠르게 변하고 있다. 허리띠 졸라매고 고속도로 만들고 공장 지어서 수출하던 시대가 아니다. 일일이 사람들을 만나서 모든 걸 처리해야 하는 시대도 아니다. 예전에 '지구촌'으로 불렸던 세상이 아니라 네트워크로 실시간 연결된 시대가 되었다.

처음 인터넷이 나왔을 땐 첨단 벤처기업들의 전유물처럼 여겨졌지만, 이젠 아니다. 이제 인터넷은 모든 사람의 일상으로 들어왔고 그 인터넷이 지금은 매일 가지고 다니는 휴대폰 속으로 들어왔다. 바야흐로 휴대폰 하나로 모든 걸 해결하는 시대다.

요즘 사람들은 생일 선물도 휴대폰으로 주고받는다. 결혼식이나 장례식에 참석하는 대신 휴대폰으로 축의금이나 부의금을 보내고 위로의 말을 남긴다. 그런 행동을 해도 아무도 무례하다고 생각하지 않는다. 오히려 당연한 것으로 여긴다.

휴대폰 하나면 먹고 마시고 살아가는 데 아무 문제가 없다. 돈 버는 방법도 다 휴대폰 안에 있고, 웬만한 일 처리도 휴대폰으로 할 수 있다. 휴대폰엔 세상의 모든 정보가 다 들어 있다.

하지만 뭐니 뭐니 해도 휴대폰의 가장 큰 장점은, 직접 만나지 않아도 전 세계의 모든 사람과 소통할 수 있다는 점이다. SNS에 접속해 사람들을 만나고 정보를 교환하며 감정을 교환한다. SNS를 하다 보면 사람들이 무슨 생각을 하는지, 무엇에 관심이 있는지, 무엇을 싫어하는지 알게 된다. 익명의 세계지만 그래서 더 솔직하게 소통한다. 그러니까 휴대폰이 또 하나의 세상인 셈이다.

아직도 휴대폰을 그저 가지고 다니는 전화기 정도로 생각하는 내 또래의 사람들을 보면 안타깝다. 끽해야 문자나 카톡 보내고 인터넷 검색하는 게 전부고, 유튜브도 평소 보는 것만 본다. 심지어 휴대폰을 게임 하고 수다나 떠는 장난감 정도로 치부하기도 한다. 또한 휴대폰을 너무 자주 사용하는 건 어른답지 못하다고 여기기도 한다.

하지만 천만의 말씀이고, 그야말로 '나 때는' 마인드이다. 요즘 시대에 휴대폰을 제대로 사용하지 않는 건 세상의 반을 보지 않는 것과 같다. 혹시 아직도 휴대폰으로 소통하고 있지 않은 사람이 있다면 정중하게 권하고 싶다. '당장 휴대폰을 열고 SNS를 시작하시라.' 특히 무언가 해야 할 일을 찾고 있는 사람이라면 더더욱 그렇다.

의외로 막혀 있던 길이 열릴 수도 있고, 새로운 방법을 찾을 수도 있다. 내가 그랬다. SNS를 통해 새로운 세상을 보게 되었고, 젊은 사람들과 소통하는 방법을 알게 되었다.

처음엔 막막할 수도 있다. 하지만 별거 아니다. 해보니까 그렇다. 심지어 재미도 있다. 휴대폰으로 검색 몇 번만 해보면 방법은 다 나와 있다. 그래도 모르겠으면 주변 사람들한테 물어보면 되고, 그래도 모르겠으면 강좌를 찾아보면 된다. 완전 기계치에 컴맹, 폰맹인 나도 해냈으니 당신도 할 수 있다.

자신이 하고 싶은 일, 관심 있는 일을 찾아 소통하다 보면 새로운 세상이 보일 것이다.

## 할 수 있다고 주문을 외워라

　세상일이란 게 참 신기하다. 어느 때는 생각지도 못한 행운이 찾아와 막혔던 일이 술술 풀리기도 하지만, 반대로 어느때는 전혀 예상하지 못한 난관이 찾아와 나를 고통 속으로 몰아넣기도 한다. 제발 나한테는 그런 일이 벌어지지 않길 바라지만, 내 뜻대로 되지 않는 게 세상일이다.

　불행은 어느 순간 누구에게나 찾아올 수 있다. 안타깝지만어쩔 수 없다. 하지만 중요한 건 불행에 대처하는 자세다. 내게 별안간 닥쳐온 불행을 어떤 마인드로 어떻게 대처하느냐에따라 이후의 인생이 달라질 수 있다.

　신혼 초 교통사고 났을 때, 내 시간은 완전히 정지해 버렸다. 하던 일도, 평화로웠던 일상도, 소소한 행복도 한순간에 멈춰버렸다.

　처음엔 고통스러웠다. 왜 내게 이런 일이 일어났는지 하늘이 원망스럽기까지 했다. 하지만, 곧 마음을 다잡았다. 축 처져 집에 누워 있기만 해서는 달라질 게 없다는 생각 때문이었다. 난 주문을 외우듯 대뇌였다. 사고 난 덕분에 나를 되돌아볼 시간을 갖게 되었다고. 그랬더니 보이기 시작했다.

당시 내가 버는 수입이 남편의 두 배 정도 됐었다. 누군가 내 일을 조금만 도와주면 더 많은 수입을 올릴 수 있을 것 같았다. 결국, 남편과 상의하여 함께 일하기로 결정했다. 그 결정으로 복귀를 했을 때 체계를 잡아 시너지를 발휘할 수 있었다. 만약에 교통사고가 나지 않아 그런 생각을 하지 못했다면 부산 최고의 이벤트 회사로 성장하지 못했을 것이다.

그날 이후 난 무슨 일을 할 때마다 긍정적으로 생각하는 습관을 갖게 되었다. 긍정적으로 생각할 것인가, 부정적으로 생각할 것인가. 한 끗 차이지만, 결과는 하늘과 땅 차이다. 결국은 어떻게 생각하느냐의 문제다.

내 주위엔 일하다가 결혼을 하고 아이를 낳아 일하지 못하게 된 '경단녀'들이 많다. 그들은 세상에 나가고 싶어도 엄마라서 할 수 없을 거라고 스스로 생각하며 도전하지 못한다.

하지만 마인드를 바꾸면 세상이 달리 보인다. 엄마라서 할 수 없는 게 아니라 엄마니까 할 수 있는 일이 분명 있다. 할 수 있는 게 뭐가 있는지 차분히 생각해 보라. 뭐든 있을 것이다.

집에서 살림만 한 사람이라면 반찬을 잘 만들 수도 있고, 하다못해 장보기를 잘 할 수도 있다. 막연하게 머릿속으로만 생각하지 말고 자신의 장점을 하나하나 종이에 적어보면 더 좋다.

실제로 내가 비전 강의를 할 때 설명했던 방법이다.

1번. 나는 설거지를 잘해.

2번. 나는 빨래를 잘해.

3번. 나는 꼼꼼해.

이렇게 적은 다음 다시 그것과 연관된 단어 3가지를 적는다. 설거지를 예로 들면 수세미, 트리오, 밥그릇 등의 단어가 나올 것이다. 또 그 단어들의 연관 단어를 3개씩 찾고, 또 찾다 보면 자신이 할 수 있는 일이 반드시 나오기 마련이다. 그 일부터 시작하면 된다. 처음부터 대단한 일이 아니어도 된다. 아주

사소하고 작은 일이라도 일단 시작하는 것이 중요하다.

인생은 벽돌로 계단을 한 장 한 장 쌓아 올리는 것이다. 벽돌을 쌓듯 하나하나 쌓다 보면 언젠가 높은 건물을 세울 수 있다. 아무리 높은 건물도 1층부터 시작한다.

바닥을 잘 다지고 1층부터 차근차근 쌓아 올리다 보면 어느 순간 벽돌이 다섯 개 쌓인 날이 오기 마련이다. 그렇게 점점 목표한 건물을 완성해 가는 것이다.

너무 힘들 땐 울어라 ─────────────

인간은 감정의 동물이다. 아무리 멘탈 관리를 잘한다고 해도 실타래처럼 일이 꼬여 실패를 반복하다 보면 자존감이 바닥으로 떨어질 수도 있다. 자존감이 바닥인데 하는 일이 잘 될 턱이 없다. 풀어보려 해도 얽힌 실타래는 점점 더 꼬이기만 할 때도 있다. 그럴 땐 잠시 하던 일을 내려놓는 것도 방법이다.

물론 포기하라는 말이 아니다. 잠시 한 템포 쉬어가며 마음을 다스리는 자기만의 방법을 찾아보라는 말이다.

1년 365일, 24시간 내내 내가 가고자 하는 일에 대해 생각한다. 생각이 나의 최대 무기인 셈이다.

'어떻게 하면 지금 하는 일을 더 잘할 수 있을까.'

'5년 뒤에도 지금 하는 일이 잘 될 수 있을까? 만약 그렇지 않다면 어떻게 해야 하지.'

생각하고 또 생각한다. 생각이 나의 힘이라 생각을 하지 않으면 남들과 똑같아질 수밖에 없다. 그렇게 생각하다 보면 어느 순간 어둠 속에서 터널 밖의 빛이 보이기 시작한다. 그러면 그 길을 향해 지체 없이 나아간다.

잠들기 전 항상 마인드컨트롤을 하는 것도 나만의 관리법 중 하나이다.

'나는 우리나라 최고 인기 강사다. 모든 사람이 나를 좋아한다. 나는 나를 사랑한다. 우리 가족은 다 건강하다. 우리 가족은 행복하다.'

이렇게 자기 최면 걸듯이 대뇌이다 보면 어느 순간 잠이 든다. 그러니까 마인드컨트롤이 나만의 자장가인 셈이다.

자장가는 내 꿈이고 목표이다. 앞으로 내가 이루고자 할 일들이고, 지금은 부족하지만 앞으로 15년 뒤엔 반드시 이루어질 일들이라 믿는다. 그러면서 조금씩 내 목표에 다가가려 노력한다.

일이 잘 풀리지 않거나 뭔가 중요한 결정을 해야 할 때 혼자 밤에 바닷가에 나가는 것도 좋아한다. 비가 내리는 날이면 더 좋다. 뚝뚝뚝뚝. 우산 위에 떨어지는 빗소리를 들으면 그렇게 기분이 좋을 수가 없다. 마치 내가 지금까지 알지 못한 세계에서 내게 메시지를 보내는 것 같은 느낌이다.

'아, 내가 이 생각을 못 했구나.'

빗소리에 영감을 받으며 다시 밤바다를 바라보며 물멍을 한다. 끊임없이 밀려왔다 다시 저 멀리 밀려가는 파도를 보고 있으면 바다가 내게 말을 거는 것 같다.

'넌 어떻게 살아왔니?' 그러면서 머릿속에 지금까지 살아온 내 인생이 떠오른다. 힘들었던 일, 괴로웠던 일, 즐거웠던 일, 행복했던 일들이 파노라마처럼 펼쳐진다. 그러면서 다짐한다.

'난 할 수 있다. 지금까지 해왔던 것처럼. 난 반드시 할 수 있다.'

하지만, 그것으로도 극복이 안 될 때가 있다. 다른 사람 앞에서 내 감정을 드러내는 걸 썩 좋아하지 않아 내색하지 않았을 뿐이지 그냥 쓰러져 울고 싶을 때도 많았다. 일부러 화장도 진하게 하고 말도 남자처럼 거칠 게 하면서 온갖 센 척 다하고 살아왔지만 나도 사실은 보통의 여자와 다르지 않다.

누구 뭐라고 하면 상처받아 혼자 아파할 때가 많았다. 그저 남들 앞에서 내색하지 않았을 뿐이다.

너무 힘들어 아무것도 하고 싶지 않을 때, 아무도 없는 욕실에 들어가 샤워기를 틀어놓고 미친 듯이 울며 통곡한다. 그간 참아왔던 모든 설움을 한 번에 털어내려는 듯 목 놓아 울어댄다.

비 오는 날 밤에 차를 몰고 나가 미친 듯이 울며 통곡하기도 했고, 미친 듯이 소리를 질러 다음날 목이 쉬기도 했다. 다른 사람에게 약한 모습을 들키기 싫어서였다. 누군가 내 약한 모습을 보고 포기하고 싶어질까 두려웠다.


한번은 창원에 있는 CEO를 대상으로 첫 번째 강의가 들어왔을 때였다. 지식도 별로 없고 내 한계가 어디까지인지 잘 알지만 일단 부딪혀 해결하는 성격이라 수락해버렸다.

강의 자료를 만들어야 했지만, 파워포인트도 만들어 본 적이 없었다. 많이 배우고 똑똑하고 돈 많은 CEO들에게 90분 동안 강의를 해야 하는데 무슨 이야기를 해야 할지 몰랐다. 이벤트도 준비하고, 게임도 준비하고, 책 선물 시간도 만들면서 간신히 시간을 만들었다.

남편을 앞에 세워 놓고 10번을 넘게 연습했다. 며칠 동안 연습을 반복하다 보니 강의를 다 외울 정도였다. 하지만, 시간이 다가올수록 겁이 났다. 네가 도대체 뭔데 우리 앞에서 강의하냐고 말할까 봐 두려웠다. 그때 아무도 없는 집 욕실에서 샤워기를 틀어놓고 목 놓아 울었다.

'아빠, 왜 일찍 돌아가셔서 내가 많이 배울 기회를 안 줬어? 아빠가 일찍 돌아가셔서 내가 이렇게 힘들게 사는 거잖아.'

마음속으로 아빠 욕을 하며 울고 또 울었다.


옛날 어른들이 '천불'이라고 말하는 가슴속에 맺힌 한 같은 걸 그때 꺼낸 것이다. 그렇게 울분과 응어리진 것을 토해내면 내 안의 모습을 보게 된다.

'괜찮아. 할 수 있어. 이 고비만 넘기면 된다.'

내 안의 또 다른 내가 나를 위로한 것이다. 그렇게 첫 번째 CEO 강의를 무사히 마칠 수 있었다.

성공하는 사람들의 특징 중 하나는 자기 주관이 뚜렷하다는 것이다. 그들은 매사에 자신감이 넘치고 모든 일에 거침이 없다. 다른 사람이 무슨 말을 해도 잘 흔들리지 않는다. 자기 앞에 닥친 일은 뭐든지 스스로 척척 해내고, 리더십을 갖고 사람들을 포용하기도 한다.

사람들은 성공한 사람들의 현재 모습만 보며 고개를 끄덕인다. 마치 태어날 때부터 뛰어난 인품과 뚜렷한 주관을 가진 사람이라 생각하며 부러운 눈으로 쳐다본다.

하지만, 장담하건대 그건 착각이다. 모르긴 몰라도 그들 나름의 많은 시행착오를 겪었을 것이고, 남들 몰래 울기도 많이 했을 것이다. 그런 과정이 있었기 때문에 그 자리에 서 있는 것이고, 그런 경험이 있었기 때문에 뚜렷한 자기 주관이 생긴 것이다. 무슨 일이건 과정 없는 결과는 없다. 그건 사람도 마찬가지다.

주관이 뚜렷하다는 건 세상을 바라보는 자신만의 견해나 관점이 확실하다는 말이다. 그건 다른 사람보다 세상을 많이 경험했다는 말이기도 하고, 다른 사람보다 많은 사람과 소통했다는 말이기도 하다. 그 과정에서 시행착오가 생기는 건 너무 당연한 일이다.

수도 없이 서로 다른 입장으로 부딪혔을 것이고, 그 문제를 조율하기 위해 백방으로 노력했을 것이다. 그 과정을 통해 뚜렷한 자기 주관이 형성된 것이다.

누구나 성공하기를 꿈꾼다. 그래서 성공한 사람의 말과 행동을 따라 하려고 노력한다. 하지만 성공한 사람의 지나온 과정을 보지 않고 현재 모습만 보고 따라 해서는 답이 없다. 그건 오만이고 똥고집이다.

'때로는 가면을 써야 한다.'

무슨 일을 하고자 마음먹었다면 반드시 명심해야 할 말이다. 처한 환경에 따라 자신의 몸 색깔을 달리하는 카멜레온이 되어야 한다는 말이다.

혹시 '가식적인 모습?' 이렇게 반문할 수도 있지만 그건 가식과 다른 말이다. 가식은 자신의 모습을 거짓으로 드러내는 일이고, 진실을 감추는 행동이며, 남을 속이는 일이다.

내가 말하는 건 주변 환경에 맞춰 적응하라는 것이다. 성공으로 가는 과정은 멀고 험하다. 그 길이 가시밭길일 수도 있고, 모래밭일 수도 있고, 때론 질퍽한 진흙탕일 수도 있다. 그 길을 건너는 방법은 모두 다르다.

내가 이전에 걸어왔던 길이 아스팔트 길이라 해서 항상 그 것만 생각해서는 안 된다. 질퍽한 진흙탕 길을 건널 땐 장화를 신어야 젖지 않고, 가시밭길을 건널 땐 튼튼한 안전화를 신어야 발을 다치지 않는다.


사람과의 관계도 마찬가지다. 이벤트 회사를 하면서 만났던 사람들, 강연하면서 만났던 사람들, 운동하면서 만났던 사람들, SNS를 하면서 만났던 사람들 모두 다를 수밖에 없다.

처한 환경도 각기 다르고 말하는 방법도 다 다르다. 그곳에서 살아남으려면 환경에 맞춰 자신을 변화시켜야 한다. 카멜레온처럼 색을 변화시켜 그곳에 융화돼야 한다.

그건 가식이 아니다. 자기 주관이 없는 것도 아니다. 융통

성이 좋은 것이고, 사회관계에서 꼭 필요한 소통의 방법이 뛰어난 것이다.

목표에 도달하는 방법은 여러 가지가 있다. 뚜벅뚜벅 혼자 걸어갈 수도 있지만, 때로는 상대의 손을 잡고 가야 할 때도 있다. 상대방이 오른손잡이이면 왼손을 내어주고, 왼손잡이이면 오른손을 내어줄 수 있어야 한다. 때론 상대방의 보폭에 맞춰 속도를 조절할 줄도 알아야 한다.

명심하자! 우리가 원하는 건 목표에 도달하는 것이지 자기 색깔을 고집하는 것이 아니다. 그러니 카멜레온처럼 주변 환경에 색을 맞추는 것은 선택이 아니라 필수다.

할 수 있다는 믿음 하나면 충분하다 ────────

모두가 성공하기를 꿈꾸지만, 모두 성공할 수는 없다. 누구나 자신의 목표를 위해 최선을 다하지만, 모두가 최선의 결과를 얻지는 못한다.

각고의 고민과 노력 끝에 자신의 목표를 정하고, 이 길이 맞다고 생각해 열정과 성의를 다했을 때, 그럼에도 목표를 이루지 못했을 때, 상실감은 더 클 수밖에 없다.

당연히 인생이 끝나기라도 한 것처럼 절망감에 휩싸일 수밖에 없다. 안타깝지만, 그게 인생이다. 하지만 절망할 필요는 없다. 아니 절망해서는 안 된다. 때로는 돌아가기도 하는 것, 그것 역시 인생이기 때문이다.

물론, 최선을 다했어야 한다. 이 길이 아니면 끝이라는 생각으로 달려왔어야 한다. 하지만 가는 길이 너무 힘들고 지친다면 잠시 멈춰서 주위를 둘러보는 것도 방법이다. 걸어왔던 길을 되돌아봐도 좋고, 옆으로 빠지는 길이 있는지 둘러봐도 좋다. 안 된다고 포기하지 말고 다시 한번 시도해 보라.

주위를 둘러보면 세상엔 1과 2만 있는 것이 아니라 1.5도 있다. 고속도로만 있는 게 아니라 국도도 있다. 샛길도 있고, 우회도로도 있다. 그 길이 꼭 잘못된 것만은 아니다.

언젠가부터 사람들에게 내 얘기를 들려주고 싶었다. 힘들어하는 사람들에게 내 얘기를 들려주며 인생의 조언자가 되는 꿈을 갖게 되었다. 많은 사람을 만나고, 다양한 경험을 쌓으며 그 꿈을 키워왔다. 하지만 세상은 그렇게 호락호락하지 않았다.

대학을 나오지 않았다는 이유로 더 많은 사람에게 말할 기회가 좌절되기도 했다. 나는 지식이 많은 사람이 아니라 지혜가 많은 사람이라 생각했고, 책보다는 삶 속에서 메시지를 건져내려 노력해왔다. 그런데 하루아침에 그 길이 막혀버린 것이다. 하지만 주위를 둘러보니 또 다른 길이 보였다.

'그래, 때론 타협도 필요하지.'

늦깎이로 대학에 진학해 졸업했지만, 다시 한번 한계에 봉

착했다.

'아, 이 길이 아니었나.'

대학원에 진학하는 대신 운동을 선택해 6년간 선수 생활을 했다. 선수 생활하는 내내 꿈을 포기하지 않았다. 이것조차도 경험을 쌓는 과정이고, 내 인생의 스토리를 만드는 과정이라 생각했다. 지금은 SNS로 사람들을 만나 소통하고 있지만, 많은 사람에게 내 얘기를 들려주겠다는 꿈은 여전하다.

대학을 졸업하고, 선수 생활을 하며 SNS로 사람을 만나는 시간까지 합치면 10년이 훌쩍 넘는 시간이다. 여전히 사람들 앞에서 이야기하는 게 꿈이니 참 많이도 돌아온 셈이다.

그러나 돌아온 그 길이 의미 없다고 생각하지 않는다. 아니 오히려 선수 생활을 하고 SNS를 하는 시간 동안 더 단단해졌다. 더 많은 사람을 만났고, 더 많은 것을 배웠다. 그리고 다양한 사람들과 소통하는 법도 배웠다. 그건 책만으로는 절대 발견할 수 없는 것들이다. 돌아온 길이지만, 난 그 길에서 더 단단하게 나를 단련했다.

혹시라도 가는 길이 너무 힘들어 멈춰 있는 사람이 있다면 말하고 싶다.

　"주위를 둘러봐라."

　반드시 다른 길이 있을 것이다. 그건 절대 멈춘 게 아니다. 내가 가고자 하는 길에서 잠깐 돌아가는 것뿐이고, 그게 오히려 당신을 더 단단하게 만들어 줄 수도 있다.
　지금 멈춰 있다고 좌절할 필요도 없다. 뒤를 돌아보면, 당신이 걸어온 그 길 어딘가에 또 다른 길이 당신을 기다리고 있을 것이다. 중요한 건 포기하지 않는 마음이다.
　'할 수 있다는 믿음'
　그것 하나면 세상에 이룰 수 없는 일은 없다.

굳세어라, 미미쌤
good & share life

| 초판 발행 | 2023년 09월 20일  초판 1쇄 |
| | 2023년 10월 05일  초판 2쇄 |

| 원저 | 손미미 |
| 펴낸곳 | 헤르몬하우스 |
| 펴낸이 | 최영민 |
| 인쇄제작 | 미래피앤피 |

| 주소 | 경기도 파주시 신촌로 16 |
| 전화 | 031-8071-0088 |
| 팩스 | 031-942-8688 |
| 전자우편 | hermonh@naver.com |
| 등록일자 | 2015년 03월 27일 |
| 등록번호 | 제406-2015-31호 |

ISBN     979-11-92520-57-5  03810